望まぬ不死の冒険者
thirteenth
[13]
丘野 優／Illustration じゃいあん

やはり、一筋縄では行かなそうだ。
俺が振り上げた剣は再度、骨騎士（スケルトン・ナイト）に弾かれてしまう。
骨騎士（スケルトン・ナイト）には人のような思考も感情も存在しないと言われている
とはいえ、それは何も学習しないことを意味するわけではない。
骨騎士（スケルトン・ナイト）も、戦えば戦うほど経験を積み、強くなる。

——VS 骨騎士（スケルトン・ナイト）

「……よし、それではエーデル。スライムを実験室に運んでくれ。
細心の注意を払ってな」
「……チュッ！」

thirteenth

13 望まぬ不死の冒険者

The Unwanted Immortal Adventurer

著 丘野 優 Yu Okano

イラスト じゃいあん Jaian

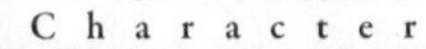

シェイラ・イバルス

冒険者組合受付嬢。レントの秘密を知る人物。

ロレーヌ・ヴィヴィエ

学者兼銀級冒険者。不死者となったレントを補佐する。

レント・ファイナ

神銀級を目指す冒険者。迷宮の"龍"に喰われ不死者となる。

エーデル

小鼠と呼ばれる魔物。孤児院の地下でレントの血を吸ったことにより眷属化した。

アリゼ

孤児院で暮らす少女。将来の夢は冒険者。レントとロレーヌの弟子となった。

リナ・ルパージュ

屍食鬼となったレントを助け街へ引き入れた駆け出し冒険者。レントの眷属となる。

ウルフ・ヘルマン

マルト冒険者組合長。レントを冒険者組合職員に誘う。

イザーク・ハルト

ラトゥール家に仕えており、《タラスクの沼》を攻略するほどの実力を持つ。

ラウラ・ラトゥール

ラトゥール家当主。魔道具の蒐集を趣味とする。《竜血花》の定期採取をレントへ依頼。

ニヴ・マリス

金級冒険者であり、吸血鬼狩り(ヴァンパイアハンター)。現在、白金級(プラチナ)に最も近いと評価されている。

ガルブ・ファイナ

レントの大叔母にして、薬師の師匠であり、魔術師。

カピタン

ハトハラーの村の狩人頭。高度な《気》の使い手。

ヴィルフリート・リュッカー

大剣を武器とする神銀級(ミスリル)冒険者。幼少のレントと再会を約束する。

ジンリン

冒険者になる夢を持つレントの幼馴染み。狼に襲われ命を落とす。

ミュリアス・ライザ

ロベリア教の聖女。神霊の加護を受けており、聖気を操る特異能力者。治癒と浄化に特化した能力を持つ。

あらすじ

“龍”に喰われ、不死者(アンデッド)となった万年銅級冒険者・レント。魔物の特性である存在進化を用いて、屍食鬼(グール)への進化を果たす。リナの助けを得て都市マルトに住むロレーヌの家へと転がり込んだレントは、名前を偽り、再び神銀級(ミスリル)冒険者を目指すことに。依頼で村に巣くった骨人(スケルトン)達を一掃したレントは、発生源となった場所を探していたところ、自然洞窟を見つける。中に踏み入ったところ、やはり骨人(スケルトン)が発生していた。さっそく討伐を開始するが……。

CONTENTS

第一章　奇妙な魔物と拾い物

「……随分と賑(にぎ)やかになったな」

俺は村にいた骨人達(スケルトンたち)を倒し切ったあと、これ以上外から骨人(スケルトン)が入ってこないよう、一晩見張りをした。

その間に、リブルと村長であるジリスは村から骨人(スケルトン)達が一掃されたことを、この村の村民達が避難している町や村に伝えに行っていたのだが、夜が明け、昼頃にもなるとリブルとジリスが戻ってきた。

そして驚いたことにその際、戻ってきたのは彼らだけではなく、元々この村に住んでいたが、泣く泣く避難した村民達もだったのだ。

もちろん、全員が一気に戻ってきた、というわけではなく、働き手となるような若い男や、その妻などがほとんどであり、子供や老人などはいなかったが、村をこれから復興し次第、徐々に戻ってくる予定であるという。

それでもやはり、避難した先の町や村に居着いて戻ってこない者も出るだろう、とは村長であるジリスの言葉だったが、それでも大半はおそらく戻ってくるらしく、村人達の、この村に対する愛着の強さが感じられる話だった。

今は俺も手伝いつつ、村を簡易的にではあるが復興させつつある。

といっても、本当に簡単なもので、村の周りを覆っている柵の壊れている部分を直したり、壊された家の崩れ落ちた壁や屋根を一カ所に集めて使えるものと使えないものに分けたりとか、その程度だが。

とりあえず、今日中に戻ってきた村人達が屋根のあるところで眠れるくらいには出来そうで、一安心というところだろう。

「……それもこれもみんな、レントさんのお陰です」

一緒にどこかの家の壁の一部であっただろう板を村の中心である広場に運んでいるリブルが俺に向かってそう言った。

「仕事だからな……それにこの村の復興はこれからだろう。楽な道じゃなさそうだが、それでもこれだけの村人が戻ってきてるんだ。なんとかなりそうだな」

今のところ、村に戻ってきているのは二十人ほど、という感じだろうか。

本来は全部で八十人ほどの村だというのだから四分の一ほどしか戻ってきてはいないが、明日になればもっと増えるだろうという話だ。

流石に一日二日で全員が戻ってくるのは難しく、四分の一もの人間が昨日の今日で来たということ自体が驚きである。

ほとんどが戻ってくるだろう、というのもこれなら嘘ではないと納得出来る話だ。

「幸い、家屋なんかは大きく壊れたものは少ないようですし、田畑も荒らされてなくて。十分になんとかなると思います。被害が少なかったのは、やっぱり骨人しかいなかったからでしょうか？」

「そうだろうな。狼系統の魔物なんかが主体だったら田畑は全滅していただろうし、ゴブリンとかスライムが多ければやっぱり家屋はほとんど崩されていたと思う」

こういった人間の村を襲う魔物の中でも多いのがその辺りだ。

狼系統にも色々いるが、基本的に食料を得るために、人間それ自体も食われるが、田畑に実ったものも根こそぎやられる。

ゴブリン系も似たようなもので、食べ物は奪うし、それに加えて自分達の住処を整えるために家屋を構成する素材を剝がして持って行ったりするから、占拠されれば村ごと壊滅させられることも少なくない。

スライム系にはそういった強盗のような習性はないが、何でも溶かして食べるので、田畑どころか家も何もかも腹に収めて荒れ地にしてしまうこともある。

どれも人間にとっては天敵のような存在であり、そのため人類は彼らと戦う術を身につけて今日までやってきたわけだ。

そんな奴らよりも竜とかキマイラとかの方が危険だろう、と思うかも知れないが、そういう大物は自分の縄張りを持っていて、そういうところから滅多に出ないのが普通だ。

遥か昔から人間と住処を争い続けているのはむしろゴブリンなどのいわゆる小物達なのだった。

そしてだからこそ人類は未だに存在し続けることが出来ているわけだ。

竜やキマイラなんかが毎日のように襲いかかってきていたら人類なんて簡単に絶滅していただろうからな……。

今でこそそういう大物と戦える術も持っている人類だが、ずっと昔は当然、そうではなかったはずで、貧弱な身体能力と他の動物よりも少しだけ優れた頭脳のみでなんとか生き残ってきたに過ぎない。

人類というのは、基本的に弱い生き物だ、ということだな……。

「やっぱりそうですか……。たまに、そういう話はこの辺りでも聞くんです。そうならなかったのは、運が良かったんでしょうね」

リブルがそう言ったので、俺は答える。

「まぁ、確かにそういう意味ではそうとも言えるが……リブルはマルトで冒険者を雇うのに難儀していたし、タイミング的には運が悪かったような気もするなぁ」

「いえいえ、結局レントさんが引き受けてくださいましたし、やっぱり運が良かったんですよ。それに、こんなこと本当は手伝わなくて良いのにやってくれていますし……」

こんなこと、とはつまり村の復興の手助けだな。

確かに依頼には入っていないから、村長宅とかでふんぞり返っていればいいのかもしれない。

だが、それをしようとは思わない。

俺は言う。

「いや、これも仕事の一環だよ」

「え？」

「ここにいた骨人（スケルトン）は確かにみんな倒したが、まだ全部終わったわけじゃないと俺は思っているからな……またここに骨人（スケルトン）が来る可能性は高い。そのときのために村の防護は固めておくべきだ」

「……僕が初めに依頼したときより、骨人（スケルトン）の数が増えていましたもんね……外から来たのはきっと間違いないでしょう」

「そういうことだ。となると、どこかに発生源があるはずで……そこを潰さないとな。だが、俺の身は一つしかない。俺がそれを探し回っている最中、村がまた骨人（スケルトン）に占拠された、なんてことになったら目も当てられないからな。そうならないようにしておきたくてさ」

「そこまで気を遣っていただけるんですか……？」

「そりゃそうだろ。何のために魔物を討伐するんだ。リブル達がここで生きていくためだろ。それなのにリブル達が生活出来なくなったら意味がない……そうならないように、頑張ろう」

「……はい！」

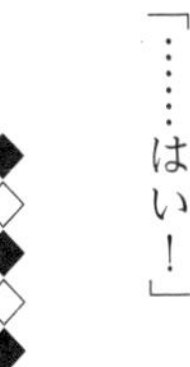

「色々あるぞ。欲しいものがあったら言ってくれ……あぁ、もちろんタダじゃないけどな」

俺がそう言って村の広場に広げたのは様々な雑貨や食料などである。

俺には大容量の魔法の袋があり、そこに入る物品の量は馬車数台に匹敵する。

そして俺はその中に色々なものを常に入れている。

ロレーヌがたまにそこから出てくるものの意外性に「なんでそんなものが入っているんだ……便利だから使わせてもらうが」などと言うことも頻繁だ。

実際俺もなんでこんなもの入れたんだっけ？　というものもなくはないのだが、意外な場面で意外なものが役に立ったりすることがあるのが冒険者という職業である。

だからこそ、この収集家気質については特に問題を感じていない。

もちろん、整理整頓はしっかりやっておかないとならないが、その辺りについては俺は結構マメな方だ。

ロレーヌの家の片付けだって前は完全に俺が請け負っていたからな。

今ではロレーヌも普通に片付けられる人になったが、それでも研究に打ち込み始めると途端にごちゃごちゃし始める。

人間が一日に使える集中力というか自律力みたいなものは、魔力や気のように総量が決まっているものなのかもしれないな。

ともあれ、そんな俺の魔法の袋の中身を村の広場で広げたのにはちゃんとした理由がある。

かなり色々なものが破壊されたりボロボロになっていたりするこの村の復興のためには多くの物品が必要になってくるが、少しくらい俺のコレクションでまかなえないか、と思ったのだ。

もちろんのこと、これらをすべて無料で提供する、なんてことはするつもりはない。

俺にだって生活がある……というのは使わないのに集めている品も多数あるので理由にはならないが、ただで譲ると言っても村の人々は拒否するだろうしな。

変に安値なものは怪しくて逆に迷惑というのもある。

こういうものは正当に取引をしなければ余計な押しつけというものだ。

まぁ、それこそガラクタについては本当に無価値なのでただでもいいが、そんなものを欲しがる者はあまりいない。

ゼロではないのはどんなものでも物好きというものがいるからだな……俺もその一人、と。

「……冒険者の人が持っている魔法の袋ってこんなにものが入るんですね……行商人の人が持ってきてくれる品よりも、種類も量も多いですよ」

リブルが驚き半分呆れ半分でそんなことを言いながら物品を物色している。

皿とかコップとかフォークとかの食器類を主に見ているな。

というか、大半の村人がその辺りを見ている。

これは村の状況を見るに当然で、一番、骨人（スケルトン）が荒らした結果使い物にならなくなったのがその辺りの品だからだ。

ガラス製品は流石にないが、陶器のものは少なくなかったようで、魔物に荒らされれば必然的にすぐに壊れる。

元々木製のものが多いのでそこまで被害が大きい、というわけでもないだろうが、たまの祝いの日とかには少し良いものを使いたい、というのは町の人間のみならず、こういった小さな村の者でも思うことだからな。

そしてそういうときに使うのは色の入った陶器の品が多いわけだ。

逆に大きな街だと緻密な彫刻のされた木製の品は結構人気で、それこそ大きな商家や貴族の家でも重宝されているというのは面白い話だな。

そういう風に場所によって需要と供給が違うから、あっちこっちにものを運び歩いて価値を上乗せして売り払う行商人が成り立つわけだ。

「俺が持っている魔法の袋はここだけの話、かなり大きめなものだからな。普通は背嚢（はいのう）三、四個分くらいが関の山だぞ。それでも金貨が何十枚何百枚と飛ぶような価格がする」

俺が人間時代から使っている魔法の袋はまさにそういうものだったからな。

今、主に使っている魔法の袋は金貨どころか白金貨が飛んだが……。

ニヴがいなければこんなもの一生買えなかっただろうな。

しかし元を取っているのか、と聞かれると微妙なところだったりする。

というか今のところ全然なのは言うまでもない。

銅級じゃ、白金貨なんてそうそう稼げるものではないからな……だが俺は欲しかったから買った。後悔はない。これは先行投資というものなのだ。

白金貨を貯め込んだところで俺にとってはそもそも意味がないというのもある。

俺の目標はあくまで神銀級冒険者になることであって、金持ちを目指しているわけではないからな。

そのために必要なのであれば手持ちの金がゼロになったとしても払うのだ。

「金貨何百……っ！　冒険者の人は高給取りと聞きますが、そんなにお金持ちなのですね……」

「おいおい、俺は何年も貯めたぞ。とはいえ、普通の職業よりは稼ぎが良いのは確かだな。その代わり賭けるものは常に自分の命だ」

それを聞いてリブルは息を呑む。

端的な事実であるが、それを割に合うと考える者がやるのが冒険者だ。

そして普通はまず、そうは思わない。

いくら金をもらっても割に合うわけがない。

そう思うのが普通だ。

冒険者なんてやる奴は、多かれ少なかれどこかネジが抜けている。

常識的な人間はそう考えるのだ。

実際、俺自身のネジがどの程度しっかりとはまっているかと聞かれると首を傾(かし)げざるを得ない。

そもそも、多くの冒険者が武勇伝がてらに酒場でよくいう台詞(せりふ)『何度も死にかけた』、どころか少なくとも本当に一度は死んでいる俺だ。

多少ネジがおかしくなっていなければこうしていられないだろう。

「……本当に、冒険者の方々には頭が下がりますよ。それに……レントさんはそれだけ稼げるのに私の依頼を受けてくださいましたし」

「稼げるときは稼げるが、稼げないときは稼げないものだからいつも金に困らないってわけじゃない」

「そういうものなんですか……あ、これは……」

話しながらもリブルは色々と品を見ている。

その中でも気になったものがあったようだ。

彼が今見ているのは食器類ではなく、今回魔物から奪った品が並んでいる場所だ。

その中でも、骨兵士(スケルトン・ソルジャー)が持っていた槍(やり)に彼は注目していた。

「どうかしたか？」

リブルが手に取ったそれに気づいた俺は不思議に思ってそう尋ねた。

というのもリブルが武器の類を手にすること自体は別におかしくはない。

彼はこの村で曲がりなりにも腕利きの狩人（かりゅうど）として村長に評価されている人物であるのだから、武器に対する興味は普通よりは強いだろうと理解出来るからだ。

しかし、まず初めに手に取ったのが槍、というのが不思議だった。

ここに並べているのは俺がたまに仕入れる適当な数打ちや小さな料理用のナイフなどの他には、昨日、骨人（スケルトン）を倒すことによって得ることの出来たものしかないのだが、その中には骨兵士（スケルトン・ソルジャー）の持っていた弓がある。

改めて見てみるとその弓は結構悪くない品で、買えばそこそこ値の張りそうなものだ。

弓の扱いのうまいリブルならそれもある程度分かるはずで、まず興味を持つのであればそれが最初であるのが自然だろう。

それなのにリブルは先に槍を取った。

それが俺は気になったのだ。

そんな俺の疑問に、リブルは矯（た）めつ眇（すが）めつ槍を見た後の一言で答えてくれた。

「……この槍を、私は見たことがあります。いえ、見たことがあるなんてもんじゃない……これは……私の、私の父のものだ……」

それを聞いて、なるほど、と思った。

骨人（スケルトン）というのは色々な発生の仕方をする存在であるが、その最も悍（おぞ）ましいものとして死した人の遺体が何らかの理由でそうなる、というものがあるのは広く知られている。

まぁ骨人（スケルトン）に限らず、不死者（アンデッド）一般がそういう風に生まれることがあるものだ。

吸血鬼（ヴァンパイア）など、人にかなり近く高位のものについてはまた事情が異なるが、骨人（スケルトン）や腐肉歩き（ゾンビ）などの低位のものに限っては、かなりそういう生まれ方をすることが多い。

だからこそ、墓所は宗教団体が厳重に管理したり、またこういった村であっても季節毎（ごと）に祭りを行って自然精霊などによる浄化を希（こいねが）うことによって生まれる危険性を低くする。

まぁ、ヤーランに限ってはあの《杖（つえ）》のお陰もあって、元々かなり生まれにくい訳で、だからこそ宗教団体の権力が弱いという事情もあるのだろうなと思うが……。

ともあれ、そういう感じで生まれる存在であるために、死ぬ前に持っていた武器などを持っていることが少なくない。

つまり、リブルの父の持っていた武器を、骨兵士（スケルトン・ソルジャー）が持っていたということは……。

「……あの骨兵士（スケルトン・ソルジャー）はリブルの……」

「多分、父だったのでしょうね……。まさか死した後、自らの住んでいた村を荒らす羽目になるとは父も予想外だったでしょうが……こうなってみると、レントさんには本当にいくらお礼を言っても言い切れません……」

と、何度目になるか分からない礼を言った。

「もうお礼はいい。しかし……リブルの親父さんは……いつお亡くなりに？」

これを聞くのは別に俺にデリカシーがないというわけではない。

まぁ、もの凄くあるとも言えないだろうが、少なくとも人の過去の傷を抉らないことを心がけている程度にはある。

しかし、今回に限ってはその信念を外しても聞く必要があった。

なぜなら、骨人達の発生源がこの情報をもとに分かるかも知れないからだ。

リブルは言う。

「三年ほど前に亡くなりました。当時は……この辺りをゴブリンが一体、うろついているのを見つけて、群れになる前に村人で倒そうということになりまして……。ゴブリン一体くらいであれば村人でも徒党を組めば倒せます。それに父は……私よりも遥かに腕の良い狩人でした。若い頃は都会で兵士もしていて、剣や槍も使えたんです。私の弓も父に習ったものでした……」

十代二十代を街の衛兵として過ごし、故郷の村の両親を支えるため、結婚して戻る、というのは割とありがちなルートだ。

冒険者も同じような道筋を辿ることが良くある。

というか、都会に出た者全般にその道は用意されているな。

やはり、田舎から出てきて一攫千金や名誉の獲得を求めても、成功出来る者というのはほんの一握りに過ぎないからだ。

大半はいずれ自らの限界を理解し、身の程を知って、しかしささやかな幸せの在処に気づいているべき場所へと戻っていく。

リブルの父もそのような人生だったのだろう。

ただ、故郷に戻って息子に自分の修めた技術を教え、立派に育っていく様を見るというのは悪くない。

受け継がれていくものがあると思うと、人間はどこかに安心が生まれる。

幸せはそういうところから湧き出てくるものだ。

「……立派な親父さんだったみたいだな」

「レントさん……ええ。私にとっては、誰よりも自慢出来る父でした。でも、そんな父でも、出来ないことはありました。特に魔物に対しては……」

「というと、そのとき親父さんは……」

「ええ。まさにそのゴブリンにやられました。しかし一匹ではなかった。十四ほどいたそうで……命からがら逃げてきた他の村人の話によると、父は一人で殿を引き受け、逃がしたそうです。父以外は皆、大けがを負いながらも帰って来られたものですから……そのときの皆には何度も謝られましたよ。未だに謝られることもあるくらいで……」

まぁ、端的に言ってしまえばリブルの父を見捨てて帰ってきた、とも言えてしまうからな。

自責の念が抜けない者も多いのだろう。

しかしだからこそ健全とも言える。

自分を正当化して反対にリブルに辛く当たる者が生まれないとも限らない状況だったはずだ。

そうはならなかったのは……おそらく、そのリブルの父や、リブル自身の人柄によるものだろう。

また、村人達の性質もだ。

俺が骨人を倒そうとしたとき、加勢を絶対にする、盾になってでも、と勇んでいたのはそのときのことが関係しているのだろうな。

もしかしたらその助けられた村人というのは、村の近くの丘の下で見張りをしていた彼らだったのかもしれない。

「まぁ、もう吹っ切れた話というか、私は全く彼らを恨んだりしていないのでいいのです。私が同じ場所にいても同じことしか出来なかったのは間違いありませんから。それよりも、父は最後まで立派な人だったんだと嬉しかったくらいで……もちろん、亡くなった悲しみはありますけど」

「リブルも立派だよ。俺だったら恨んでしまいそうだ」

「レントさんだって……同じ立場ならきっと、恨んだりしないですよ。私には分かります」

「それは買いかぶりだ……しかし、話を総合すると分かるのは……その親父さんの槍がここにあるということは、親父さんが骨兵士になった……つまり、その親父さんが亡くなった場所で、骨人達が生まれている可能性があるということだ。やっぱりしっかり埋葬は……？」

「出来ませんでした。ゴブリン達はその後、依頼した冒険者に倒してもらったのですが、村から少し離れた場所で……村を襲うようなものはともかく、他の魔物の危険もあってそこまでいくのは厳しくて。冒険者の方に頼むわけにもいきませんでした」

「……そうなのか？　マルトの冒険者ならそれくらいやるものだが……」

「そのとき頼んだのは流れの方でしたので。言っては悪いですが、魔物を倒す以外のことに関心があるような方々ではなくて……」

「……あんまり良い仕事じゃない、とも言いにくいか。その冒険者の事情も分からないしな」

「私達としても、ゴブリンを倒してくれただけでありがたかったですから。ただ、今回のことがそのときのことを遠因としているなら……もっと色々お願いしておくべきだったなと思います」

リブルが言うのはつまり、亡くなった父の埋葬を、ということだろう。

そうしておけば確かに今回の骨人(スケルトン)騒ぎはなかったかもしれない。

骨人(スケルトン)は一匹出現すれば徐々に増えていくことが多い。

どこかから呼び寄せたり、土深くに埋まっている昔の骨が呼応して動き出し、骨人(スケルトン)になったりするなどして。

リブルの父の骨兵士(スケルトン・ソルジャー)が一番最初の起点になったのなら……しっかり埋葬しておけば発生しなかっただろう、とはそういう意味だ。

「まぁ、本当にリブルの父親が理由だったのかは分からないからな。あんまりその辺りは気にしないで良いだろう」

「そんなものですか？」

「あぁ。生きてれば後悔なんていくつもあるものだしな。そういうときはさっさと忘れて次に移った方が効率的だぞ。特に冒険者をやっているとそんなこと数え切れないくらいある」

ああしていればあの村人は、仲間は、友人は助かったのではないかと。

そんなことを思ったことが一度もない冒険者など、ほとんどいないだろう。

だが、いつまでもそんな気持ちに執着していると、いずれ自分も冥府へと手を引かれてしまうことを多くの冒険者は本能的に知っている。

だから忘れるために浴びるように酒を飲み、遥か遠くへと旅立った仲間達が生きていたときのくだらない話をし、忘れ、そしてたまに墓に酒を飲ませに行く。

傷は塞がらない。

だがそこに傷があることを普段は忘れておくのだ。

それが、人が前に進むために取れる唯一の方法だと知っている。

「現実的な話に戻ろうか。リブル、今回の骨人(スケルトン)騒ぎ、何が理由なのかはまだはっきりとはしないが……やらなきゃいけないことがある」

「ええと……父が亡くなった場所に行かなければなりませんよね。少なくとも、そこが発生源である可能性が高いでしょうから」

「そういうことだな。だが、俺はそこがどこだか分からない。地図に書き込んでもらっても良いんだが……こういう森の中だと少しずれても分かりにくいからな。出来れば誰かに案内してもらいたいんだが……」

誰か、と言いつつ誰に案内してもらいたいかははっきりしている。

だから俺はリブルに視線を合わせた。

リブルも話の流れから察していたようで、

「それを私に、というわけですね。大丈夫です。行きます。場所も……行ったことはないですが、何度も聞いていますから……」

自分でもそこに父の亡骸（なきがら）や遺品を探しに行こうとしたことがあるのだろう。

しかし、自分の実力と相談してやめたわけだ。

そういう冷静さを持っている、というのは同行者として心強い。

村で骨人（スケルトン）達と戦っていたときも、加勢に回っていた村人達の中で、リブルだけが冷静だったからな。

他の村人達は前のめりと興奮の間にいて、冷静ではなかったように見えた。

やはり、いつかリブルの父を見捨てたときのことが、魔物を見ると思い出されるということなのかもしれない。

人の見えない傷というのはやっぱり、消そうとしても消せないものだ……。

「よし、それなら話は決まりだな。身の安全については俺が命を懸けて保障する。その心配はしなくて良い」

まさに何度かなら肉の盾になることも可能だ。

その場合は正直言って言い訳に困るだろうが、余程の深手を負わない限りは軽傷だったでなんとかなるだろう。

深手の場合は……まぁ、俺には聖気があるからな。

神のご加護で押し切ればいいさ。

複数人に観察されていればどこかで疑問を抱かれる可能性もあるだろうが、リブル一人しか見ていないなら何とでも誤魔化せる……はずだ。

一番いいのは勿論、誰も何のピンチにも陥ることなく、無傷で帰ってくることだけどな。

覚悟だけはしておかなければならない。

そんな俺にリブルは、

「無用な危険を生み出さないように、注意しようと思います」

と俺にとって一番ありがたいことを言ってくれた。

他の村人達のようにそれこそ身を挺(てい)しても、なんて覚悟でいられると却(かえ)って迷惑だからな。

「いい同行者になりそうだな……それじゃあ、明日の朝一番に行こうと思うがいいか？」

「はい。しっかりと準備をしておきます……とりあえず、今日中に村長には報告をしておいた方がいいですよね？」

骨人(スケルトン)がまだ来そうな状況で村を守る戦力である冒険者が突然消えるわけにはいかない。

しっかりと説明しておく必要があるだろう。

「そうだな。とりあえず、ここが一通り片付いたら二人で村長のところに行こうか」

「はい」

ここが、というのはもちろん、即席レント商店のことだ。

まだ見ている人がいる中でいきなりお開きでーすというのもあれである。

今日出るわけではないのだし、元々やる予定だった時間までやって、その後に、でも問題ないだろう。

「そういえば、リブルはこの弓、いらないか？」

弓使いの骨兵士(スケルトン・ソルジャー)が持っていた弓をリブルに差し出す。

そこそこいい作りで、村の骨人(スケルトン)と戦っているとき、リブル達が使っていた弓よりは数段よいものだ。

リブルも弓使いなら気になるだろうと思ってのことだった。

これにリブルは、

「いえ、勿論欲しいですけど……槍の方がやっぱり。それを買うと私の手持ちはもうなくなってしまうので……」

そう言った。

父の形見の槍か。

俺としてはもうその話を聞いた時点でリブルのものだという認識だったのだが、リブルからすれば買わなければならない商品、という感覚だったようだ。

確かに原則的にはそれで正しいからな……。

冒険者が魔物から奪ったものはその冒険者に所有権がある。

魔物が他の……それこそ人間から奪ったものでも、その後に他の冒険者がその魔物から奪えば、その冒険者のものだ。

つまり、この槍の所有権は俺にある。

だがそれはあくまで原則であって、相談や話し合いの余地が全くない強制的なものではない。

冒険者のルールの大半はそういうものだ。

お互いが納得するなら、そのルールから外れていても特に咎(とが)められはしない。

もちろん、いきなり殺しにかかるとかそういうのはその限りではないが。

そもそもそういう行為は冒険者のルールというより国のルールで禁じられている。

まぁ、そんなわけで、俺としてはこの槍については普通にリブルに渡すつもりだったので、金はいらない。

俺はリブルに言う。

「……これは確かに俺が魔物から手に入れたものだが、リブルの親父さんの形見だろう。そんなもの、金なんて取れないいな」

「いや、でも……」

「いいから受け取っておけ。そうしてくれればこの弓だって買えるんだろう？　安くしておくぞ」

「……レントさん。それじゃあ、レントさんの儲けが……」

「そもそもなんちゃってレント商店だからな。そこまできっちり商売する気はないんだ。それに……明日はお互いに命を預け合う間柄になる。リブルの戦力強化は俺にとって重要な話なんだよ。ほら」

そう言って俺はリブルに弓と槍の両方を押しつけた。

リブルは少しの間、困惑していたが、最後に言った理由には納得したのだろう。

「……分かりました。では、今回はありがたく……」

そう言って頷き、頭を下げたリブルだった。

次の日、俺とリブルは朝早く村を出た。

その目的は勿論、村を襲った骨人（スケルトン）の発生源を発見するためだ。

村長であるジリスにも相談し、とりあえず村の防護については柵などをある程度修復し、若い男達が警戒して見回るので問題ないということになった。

骨人（スケルトン）が三体以上この村にやってくるようなら村人だけでどうにかするのは難しいだろうが、それでもしっかりと見回りをしておけば早めに襲来を察知し、逃げることは出来るだろう。

骨人（スケルトン）は暗闇でも戦える魔物ではあるが、それほど遠くまで目が見えているわけではない。

村の若い男連中で殿をしつつ、女子供を先に逃がしてしまえば、町まで引くくらいのことは無理ではない。

本当であれば俺に村にいてほしいとは言われたが、その場合、俺がマルトに帰ってしまった日以降も村が危険にさらされたままであり続けるということはジリスも分かっていた。

どこから骨人（スケルトン）が発生したのかを明らかにし、可能であればそれを潰してもらえると今後とも安心であるので、村が多少の危険にさらされても必要なことであると最後には納得していた。

「……こっちです、レントさん」

森の中をリブルとともに進んでいく。

流石、リブルは村一番の狩人らしく、森の歩き方が堂に入っている。

足音を殺し、気配を殺し、それでいながら自分の位置は見失っていない。

俺も森の歩き方にはそこそこの自信がある方だが、普通の動物の狩りであったらリブルには敵(かな)わないだろうと思わされた。

途中、何匹か鹿や猪(いのしし)などを見かけたとき、リブルがそれらの動物に一切気配を察知されることはなかったからだ。

狩ろうと思えばいずれも一発でやれただろうな、と思う。

俺も森で野宿を、というときは食料確保のために狩りをするが……リブルほどには出来ないだろう。


やはり俺の本質は魔物相手の冒険者だな、と思う。

そんなことを考えながら森をしばらく歩くと、俺達はとうとうその場所へとたどり着いた。

「……レントさん。あそこだそうです……」

下草の陰に隠れながらリブルが視線で示した場所は、ぽっかりと口を開いた、奥の見えない暗い洞窟だった。

中がどれくらいまで続いているのかは分からないが……なるほど、と思う。

以前、村の周りに出現したのはゴブリン、という話だったが、彼らはこういった自然洞窟を住処として活用することが多い。

ゴブリンは骨人(スケルトン)達と異なり、普通に繁殖して増えていく魔物だからな。

子育てするにはこういうところが必要だろう。

ゴブリンは生まれてから一月ほどで成体になってしまう恐るべき繁殖速度を持つ魔物だが、やはり赤ん坊のときは無防備であり、容易に他の魔物や、場合によっては動物にも狩られうる矮小(わいしょう)な存在である。

だからこそ、そういった外敵から身を守るために巣が必要になってくる。

人間と交流を持つようなゴブリンの個体群ともなれば、小さな集落を築き、質素ではあっても自らの建物を作って暮らしている者もいるくらいだが、そうではない者はこういった自然洞窟を主な住処としているのだ。

集落を作るようなゴブリンの群れと、そういうことをせずに洞窟などに住み、人を襲う群れのどの辺りに違いがあるのか、というと結構難しいところだが、やはりゴブリンにも個体差があるということだろう。

人間にも町人と盗賊がいるのと同じようなものだ。

だからゴブリンだからと言って全て悪というわけでもない。

そういった魔物というのはいくつかいて、亜人として扱われているわけだが……区別が難しいこともあって人との仲については場所によって様々だ。

完全排斥主義のところもあれば、持ちつ持たれつでやっているところもある。

我らがヤーラン王国は比較的緩め、持ちつ持たれつ寄りだな。

国自体が割と色々緩めなこともあって、魔物に対する価値観もそこまで厳しくないのだ。

それでも襲われれば容赦なく反撃するのは当然のことだが。

「リブルの親父さんは、あの中に？」

「当時の話を聞くに、中に置き去り……というと言い方が悪いですが、そんな感じだったらしいです。そしてだからこそ、他の村人が逃げるまで時間を稼げたというのもあるんじゃないかなと」

「中はあまり広くなさそうだし……四方八方から襲いかかられる、ということはなさそうだもんな。確かにそうかもしれない。ただ一旦閉じ込められるとどうしようもないというか、外に伏兵がいて入ったところを見計らって洞窟の中で挟撃されたら終わりだろうな」

ゴブリンは人に近い知能を持つ魔物だ。

多少、愚かなところもあるとは言え、狩りについての機転というか、知恵というか、そういうものは人間と遜色ない。

したがって挟み撃ちとか、罠とか、そういうものは普通に仕掛けてくる。

まぁ、技術力が足りずにお粗末なものであることも多いのだが……。

集落を作るようなゴブリンだと製作物もかなりの細工であることが少なくないので、種族自体にそういう技能がないというわけでもないのだろうが……。

ゴブリンは研究しがいのある魔物だと言われるが、それはそういうところなんだろうな。

ともあれ、今回はゴブリンと戦う必要はおそらくなさそうなので、その心配はあまり要らないだろう。

以前、ここにゴブリンが発生したときにしかけられた罠がまだ残っている可能性はあるだろうが、それにしたって何年も経(た)っているわけだし、耐久性的に未だ動くようなものはないだろう。

魔道具の類は流石に並のゴブリンには作ることが出来ないからな……。

「……私達が中に入って、骨人(スケルトン)に挟み撃ちに、なんてことはないでしょうか……？」

不安になったらしく、リブルがそう言ってきたので俺は答える。

「周囲に骨人(スケルトン)の気配はない。他の魔物のそれもな。だから基本的にはそこまで心配する必要はないだろう。もちろん、だからといって油断は禁物だぞ」

今、周囲に気配がなくとも後からやってくる可能性は十分にある。

後ろを全く警戒しないで洞窟の中を探索するのは危険だ。

本当だったら、冒険者が数人いたら外で見張る組とで別れるのだが、ここには俺とリブルしかいないからな。

まさかリブルを置いていくわけにもいかないし、かといってリブルだけ中に入れという訳にもいかない。

俺はそこまで鬼ではない。

吸血鬼(ヴァンパイア)もどきではあるが。

だから選択肢は一つだ。

「……じゃあリブル、観察も済んだところで、中に入るぞ」

「はい……！」

そうして、俺達は洞窟の中へと足を踏み入れたのだった。

「……中は、やっぱり暗いな。明かりを採っておくか……」

俺はこの状態でも全く問題ないのだが、流石にリブルはそうはいかない。

足下も見えない状態で前に進むのは危険だ。

そう思った俺は、魔法の袋から灯火の魔道具を取り出し、小さな魔石をセットする。

すると周囲数メートルを照らす程度の光が魔道具から静かに放たれ始めた。

「結構見えるようになりましたね」

「あぁ……」

そうは答えつつも、俺にとっては大して見え方は変わっていない。

今もさっきまでも同様に昼のように見えていたからだ。

だが、それをリブルに伝えるわけにもいかないから適当に頷いておく。

それから、灯火の魔道具の扱いについて、リブルに伝えることにした。

「今のところ、これは俺が持っておく。前の方から魔物が来たら、俺に注意が向いて襲ってくるだろう。だが、戦闘に入ったらリブルに手渡す。これを持ちながらじゃ戦えないからな。頼めるか?」

「……は、はい……」

これを持っておくと魔物の注意が向いてしまう、という情報から少し怖くなったのだろう。

けれど俺は言う。

「怖がらなくてもいい。基本的にリブルのもとまで魔物がたどり着けないように十分に注意して戦うつもりだからな。魔物はリブルの方に誘導されるだろうから、むしろ俺は戦いやすくなるだろう。要は、村での戦いと同じだ。あのときもリブルだけは冷静に戦っていたから、問題はないと思うんだが?」

どこまで本当に問題がないのかは微妙なところだが、あまり脅かす必要もない。

俺の話に村での戦いを思い出したらしく、少しだけ震えていたリブルは平静さを取り戻し、頷いて答えた。

「……そう、ですね。大丈夫だと思います」

「ならいい。あぁ、でもあんまり無理はしなくて良いからな。俺がやられると思ったら普通に逃げていい。助けようなんて思わなくて良いぞ」

気負われてそういうことをされてもしょうがないからだ。

リブルは比較的村人達の中で冷静だったとはいえ、かつての父親のことが頭の隅に残っているだろう。
いざというとき、絶対に見捨てたくない、とか思ってしまうかもしれない。
そのことを心配しての台詞だった。
もちろん、俺としてはそんな事態に陥らないようにするつもりではある。
負けそうなら俺がリブルを小脇に抱えて一目散に逃げ出すつもりなくらいだ。
依頼が失敗しても死ぬよりは全然いい。
勝てないような奴がいるならそれこそマルトから応援を呼べば良いだけの話だ。
誰も受けなかったとしても、ロレーヌを呼べば来てくれることだろう。
そうすれば何とでもなる。
無理は禁物、というのは俺も同じということだな。
リブルがそれを理解してくれたかは分からないが、とりあえずは、
「……はい。分かりました」
そう頷いてくれたのでよしとし、先に進んでいく……。

「……おっと、やっぱりいたな。どうやらここで当たり……かな？」

前方からガシャガシャと骨人（スケルトン）が進んでくる音がした。

俺は手に持っている灯火の魔道具をリブルに手渡し、剣を構えた。

しばらくして近づいてきたのは、何か業物を持っている様子もなく、感じられる魔力量も普通の、ごく一般的な骨人（スケルトン）二体だった。

まぁ、これくらいなら何とでもなる。

俺は他に伏兵がいないことを確認した上で、骨人（スケルトン）達に向かって素早く近づき、その首を刎（は）ね、頭蓋骨を砕いて魔石を取り出した。

するとすぐに骨人（スケルトン）の体は接合力を失い、がしゃりと崩れ落ちる。

我ながら鮮やかに決まった気分で、見ていたリブルも、

「……すごい……」

と感動した様子で見てくれたのでなんだかちょっと嬉しくなる。

当然ながらこれで満足して、油断してしまってはならないが。

そもそも骨人（スケルトン）二体くらい、銀級になるつもりならこれくらいの速度でやれないと話にならないからな……。

まだまだ、俺は冒険者として最低限を満たしているに過ぎない。

そのことを忘れてはならないのだ。

初心を忘れた冒険者は、驕（おご）り、もしくは油断し、一瞬の後に全てを失うものだ。

それに気づくのは、冥界の川を渡る船の上にたどり着いてからだ。

それでは意味がない。

魔石を魔法の袋に突っ込みつつ、俺はリブルから灯火の魔道具を受け取り、言う。

「大したことはない。先へ進もう」

「あ、はい……」

歩きながら、恐ろしさを紛らわすためかリブルが俺に話しかける。

「……やっぱり、ここが骨人（スケルトン）の発生源、で決まりでしょうか……？」

「どうだろうな。その可能性が高そうだが……まだはっきりそうだとまでは言えない。他のところで発生して、ここを探索していただけ、という可能性もある」

「……骨人（スケルトン）が何のためにこんなところを探索するのですか？」

「以前はゴブリンが住んでいたんだろう？　またゴブリンの巣になっていたら、骨人（スケルトン）はそういうものも襲うからな……。魔物同士が常に仲がいい、というわけじゃないんだ。迷宮の中でも、魔物同士が同士討ち……と言って良いのかどうかは分からないが、そんなことをしているところを見かけることもある」

だからこそ、魔物の《存在進化》が発生し、次の段階の魔物に成長してしまうのだと言われる。

実際にそういう場に出会（でくわ）した者はもちろん少ないだろうが、ゼロではないのだろう。

なぜそういうことが起こるのかについてはやっぱり、誰も解き明かせてはいないが……。

魔物の本能か、世界のルールか、それとも何か別の……。

考えても分かりそうもないような気になってくるが、そういうものを解き明かしてきたのが人間である。

いつか、分かる日が来るかも知れない。

それかロレーヌが解いてしまうかも。

彼女の頭脳と、俺という珍しい存在がいれば……核心とは言わないまでも、そのほど近くまでならたどり着ける可能性は十分にある。

そしてそうでなければ俺は人に戻れないかもしれない……。

普段は考えないようにしているが、今でも堪らなく不安になるときがある。

俺は戻れるのだろうか、人に、と。

このまま永遠に魔物のままで……いや、百歩譲ってそれはいいだろう。

しかし、精神まで変質し、いつか人に仇なす存在になりやしないかというのが怖い。

そうならないのであれば別にこのままであっても諦めはつくのだが……。

分からないというのは怖いな。

ラウラやイザークという存在もいることだし、すぐにどうこうということは多分ないのだろうとは思うが……。

まぁ、今は頑張ってコツコツやっていくしかなさそうだ……。

「……ッ!?」

突然、俺達の方に何かが飛んできた。

それが矢や石などではなく、魔術であることを俺は魔力を感知してすぐに理解した。

剣に魔力を込め、直前に来たところでそれを切り、消滅させる。

魔術とて、放った後は世界に影響を与えるため、物理的な攻撃によって触れることの出来る存在になる。

しかし、その存在の維持には魔力が使われており、ただ切ったり叩(たた)いたりするだけではその魔力を完全に霧散させることが出来ない。

そのため、敵が魔術を放ってきて、それを消滅させたい、という時にはこちらも武器に魔力を込めた攻撃を放つことが必要になってくる。

それで無理やりかき消すのだ。

もちろん、そういう、雑な方法によらずともそういったことが出来る者もいる。

例としては、あの王都に存在するジャン・ゼーベックの組織にいた、《魔賢》フアナだ。

彼女は魔術の構成の最も弱い場所を瞬時に見抜き、破壊することが出来る。

あれはつまり魔術にはある種、芯のようなものが存在しており、そこを正確に突けば消滅させることも出来るということだ。

そのことをファナのような特殊な才能を持たずとも理解し、技術を身につけている者も全くいないわけではない。

しかし当然のことながら、これは容易なことではない。

ファナのように完璧に魔術を消すことが出来るわけでもない。

高速度で飛んでくる魔術の芯を見抜き、そこを正確に突くなどということは、よほどの熟練者でなければ……。

加えて、失敗したらそのまま命中してしまうからリスクの面でも可能な限り取るべき選択肢ではない。

俺も一人だったら挑戦してみる気になるが、ここにはリブルがいる。

そんなことは出来ず、したがって確実な方法をとった、というわけだ。

「……レントさん！　大丈夫ですか!?」

遠くから放たれた火弾(フオティア・ボリヴアス)の魔術を俺がかき消したのを見て、リブルがそう言ってくる。

俺は頷き、

「問題ない。危険だからリブルは下がっていた方が良い。間違いなく魔術師がいるからな……」

いわゆる普通の骨人(スケルトン)だけしかいなければ良かったのだが、どうもそんな簡単にことは進まないらしい。

近づいてくる気配には確かに強い魔力が感じられた。

と言っても勿論、ロレーヌほどというわけではなく、骨兵士（スケルトン・ソルジャー）程度よりは魔力があるな、というくらいに過ぎないが……。

しかし骨兵士（スケルトン・ソルジャー）よりも強い魔力を持つ骨人（スケルトン）系の魔物、と言えばそれほど数は多くない。

俺に飛ばした魔術が命中したか確認しに来たのか、近づいてきたそれを見て、俺はやっぱりな、と思った。

そこにいたのは骨人（スケルトン）の魔術師系統の魔物だったからだ。

普通の骨人（スケルトン）と異なり、粗末な……というかもう襤褸（ぼろ）切れとしかいいようがないローブを被（かぶ）っていて、手には木製の杖を持っている。

ローブのフードの中から覗（のぞ）く、鈍い光を放つ眼窩（がんか）には知性の輝きが宿っているようにも見えた。

あれはいわゆる骨小魔術師（レッサースケルトン・ウイザード）と呼ばれる魔物だ。

骨人（スケルトン）の魔術師系統、その最も低位に属する魔物だが……決して嘗（な）めてかかっていい相手ではない。

魔術師、というのはロレーヌを見ても分かるが、その一撃で容易に人の命を刈り取ることが出来る攻撃力の高い存在だからだ。

所詮は骨人（スケルトン）に過ぎない、と侮って命を落としていった冒険者を俺は何人も知っている……。

骨人にやられるのは冒険者にとって何よりも勘弁してほしいことなのでみんなそれなりに気をつけるものだが、どこにでも増長する者というのはいるからな。

ちなみになぜ、冒険者が骨人にやられたくないか、といえば、死んだ後、かなり短い期間でその亡骸も骨人達の仲間入りをする羽目になるからだ。

普通の人間であるならともかく、魔力や気などの素養を元々持っている冒険者は、そういった魔物になってしまうまでの期間が短い。

死んだ後、彼らの仲間になって助けるはずだった村や町を襲う、なんていうのはそれこそ死んでも避けたいことだろう。

だから絶対に骨人にはやられたくない、と思うものだ……。

俺のようになれることなんてまず、あり得ない話だからな。

しかも俺の場合、骨人にやられたわけでもないのに骨人になって困惑もひとしおだったが。

本当に運が良かったんだなぁと……いや、悪かったのかな……？

と改めて思う。

少なくとも、村や町を襲うような存在にならなくて良かった。

あとは人に戻るだけ、なのだがそれがとても難しいのだ。

剣を構えつつ骨小魔術師と相対する。

一体ではなく、骨人はもう一体いた。

そちらは骨兵士(スケルトン・ソルジャー)で、骨小魔術師(レッサースケルトン・ウイザード)を守るように前衛にいる。

中々に考えているようだ。

倒すためにはまず、骨兵士(スケルトン・ソルジャー)の方をやる必要があるか……。

ただ、リブルに向かって魔術を放たせるわけにはいかない。

そのため骨小魔術師(レッサースケルトン・ウイザード)の注意をまず、俺に向かわせるため、魔法の袋から短剣を取り出し、骨小魔術師(レッサースケルトン・ウイザード)の方へと思い切り投擲(とうてき)する。

魔物としての力と、気によって強化された身体能力を存分に使った投擲だ。

もの凄い唸(うな)りを上げて短剣は骨小魔術師(レッサースケルトン・ウイザード)の方へと飛んでいく。

命中すれば一撃で倒すことも出来るかもしれない。

と思ったが、やはり、そう簡単にいくはずもない。

短剣は骨小魔術師(レッサースケルトン・ウイザード)に届く直前で、骨兵士(スケルトン・ソルジャー)にたたき落とされてしまった。

次の瞬間、骨小魔術師(レッサースケルトン・ウイザード)が魔術の詠唱に入り、俺の方へと杖を向ける。

骨小魔術師(レッサースケルトン・ウイザード)の詠唱、と言うとなんだか変な感じがする。

彼らは声帯を持たない。

俺が骨人(スケルトン)だったときのことを考えると分かりやすいだろう。

にもかかわらず、魔術には詠唱が必要らしく、何かを念じるように時間をかけるのだ。

ロレーヌに言わせると、魔術の詠唱は必ずしも発声が必要なものではなく、魔力に語りかけることが出来るのであれば思念でもってそれを行っても問題ない、ということだったが、人間の場合、出している声にこそ意味があると思って意識を引っ張られるので、やろうとしても中々に難しい、ということらしい。

だが、それが正しいのは、究極的には無詠唱魔術を使えるようになることからも明らかで、あれはつまり、極限に短縮した詠唱魔術とも言えるらしい。

一瞬で思念の中で詠唱を完成させていると……。

分かるような分からないような話だが、そういうわけで骨小魔術師(レッサースケルトン・ウィザード)にも詠唱魔術が使えているわけだな。

そして、その詠唱時間は思念で行っているからか、かなり短く、骨兵士(スケルトン・ソルジャー)に短剣を弾(はじ)かれて数秒も経たない中、俺に向かって次の魔術が放たれた。

俺が短剣で頭部を狙った意趣返しだろうか。
骨小魔術師(レッサースケルトン・ウィザード)の放った魔術、岩弾(ヴラフォス・ボリヴァス)もまた俺の顔面を狙ったものだった。
比較的短時間で撃ったために威力はさほどでもないが、普通の人間であれば命中した時点で顔が吹き飛ぶくらいの力はあるようだ。

もちろん、俺の場合あれの直撃を受けても顔が吹き飛ぶだけで死にはしないだろうが、そんなシーンをリブルに見せるわけにもいかない。

俺は腰を思い切り仰(の)け反(ぞ)らせて岩弾(ヴラフオス・ボリヴアス)を避けた。

若干、角度的に体が柔らかすぎ、と言いたくなるような感じに背中を曲げたが、人間ではないと言われるほどではない程度に抑えたのでセーフだ。

気持ち悪！　とは言われるかもしれないけどな。

岩弾(ヴラフオス・ボリヴアス)を避けると、仰け反った体をすぐに引き戻し、俺は骨小魔術師(レッサースケルトン・ウイザード)の方に向かって足を踏みきる。

骨兵士(スケルトン・ソルジャー)の横を通り過ぎるとき、こちらに剣を差し込んできたが避け、それから骨小魔術師(レッサースケルトン・ウイザード)の頭に向かって剣を振りかぶった。

素早く倒すなら突きであろうが、骨小魔術師(レッサースケルトン・ウイザード)がローブを身に纏(まと)っているせいでどこに心臓部に当たる魔石があるのか分からないからな。

大体頭部に収まっていることが多いのは事実だが、絶対ではない。

特に通常の骨人(スケルトン)ではなく、骨兵士(スケルトン・ソルジャー)や骨小魔術師(レッサースケルトン・ウイザード)のように上位の個体になって来れば来るほど、その傾向は強くなる。

それでも全体が見えていれば問題ないのだが、鎧(よろい)やローブを纏った個体は……それだけで結構倒しにくくなる。

急所が丸見えなのと、予想がつかないのとでは大きく異なるのだ。

それでも骨人(スケルトン)は骨人(スケルトン)。

その身を構成する骨を砕かれれば行動することが出来なくなるのは言うまでもない。

だからこその頭部からの一撃だった。

幸いと言うべきか、振り下ろした俺の剣を骨小魔術師(レッサースケルトン・ウィザード)は避けることが出来ずに、まさにその頭に命中する。

バキリ、と頭蓋骨をたたき割る感触がし、そのまま地面まで振り切ると、その体の大部分を砕くことに成功した。

それでも手に持っていた杖から小さな火弾(フォティア・ボリヴァス)が放たれたが、俺はそれも横に軽く位置をずれることによって回避し、杖を持った手を杖ごと踏み潰した。

骨小魔術師(レッサースケルトン・ウィザード)の方はこれでいい。

まだ微妙にずりずりと動いていることから魔石は頭部以外のどこかにあったらしいことが分かるが、これ以上行動することは出来ないからだ。

一日も二日も放っておけば砕かれた骨も修復し、再度、骨小魔術師(レッサースケルトン・ウィザード)として活動し始めるだろうが、そんなに長い間放置するつもりはない。

骨兵士(スケルトン・ソルジャー)の方を倒したら魔石を抜き取って埋める。

そしてその骨兵士(スケルトン・ソルジャー)だが、仲間の骨小魔術師(レッサースケルトン・ウィザード)をやられていきりたった……ということはないだろうが、若干迫力を増して俺の方へと向かってくる。

先ほどまではあまり俺の方へと自らは近づいてこない消極的な戦い方だったが、もうそうするつもりはないようだ。

さっきまではあくまでも骨小魔術師を守る動きに徹していた、ということだろうな。

しかしもう骨小魔術師を守る意味はない。

まだ生きている……と言って良いのかは分からないが、まだ完全に動きを止めたわけではないにしろ、戦力としての価値はゼロだ。

それをこの骨兵士も認識しているということだろう。


素早い突きを放ってくる骨兵士。

俺はそれを弾きつつ、その頭部を狙う。

こいつの体は骨小魔術師のそれと違って丸見えだ。

どこにも魔石があるのは見えないので、頭部に入っている……とみて間違いない。

だからとりあえず頭部に向かって突きを放った……のだが、そういう俺の狙いはお見通しらしい。

しっかりと弾かれた。

骨兵士の実力は結構幅があるもので、こいつはそこそこやる個体のようだ。

体に込めている魔力の段階を一つ上げ、再度、骨兵士に斬りかかる。

頭を狙って……と見せかけて腹部へと剣を突き込む。

骨兵士（スケルトン・ソルジャー）は予想外だったためか、これには反応出来なかった。

と言っても、これだけでは肋骨（ろっこつ）を多少折った程度で終わってしまうので、俺はさらにそこから剣を横薙（よこな）ぎにする。

背骨を巻き込み、バキバキと骨兵士（スケルトン・ソルジャー）の骨が折れていき……バランスが保てなくなった骨兵士（スケルトン・ソルジャー）は上半身のみがずり落ちるように地面に着地した。

下半身の方は、上半身が離れた時点で接合力を失い、バラバラと崩れ落ちている。

上半身のみになったからといって、戦意がなくなったわけではなく、その状態でも骨兵士（スケルトン・ソルジャー）はまだ剣を手放さず振っている。

骨兵士（スケルトン・ソルジャー）に感情はない。絶望もない。

その身が動く限り延々と人を狙い、攻撃を放ち続けるだけだ。

それを体現するような様子に何か深い憐（あわ）れみを感じる。

俺も一歩間違えればまさにこのような存在になっていたかも知れないと思うからだ。

もちろんだからと言って、このまま放置していくわけにもいかない。

俺は骨兵士（スケルトン・ソルジャー）の上半身に素早く近づき、そしてその頭蓋骨を叩き割ったのだった。

ころり、と割れた頭蓋骨から魔石が落ち、骨兵士（スケルトン・ソルジャー）は永遠に動かなくなる。

それを拾った俺は、今度は未だ動き続ける骨小魔術師（レッサースケルトン・ウィザード）のもとに歩み寄り、ローブを剥がして、魔石の位置を確認し、抜き取った。

こちらもそれと同時に体を崩壊させ、バラバラと白い骨だけがその場に転がった。

「……リブル。もういいぞ」

そう言うと、遠くで弓を引き絞っていたリブルがそれを下ろし、こちらに駆け寄ってくる。

「レントさん……！　すみません。結局撃てなくて……撃ったら邪魔になりそうだなと思ったものですから……」

戦闘の最中、彼の矢は結局一度も飛んでこなかった。

そのことを言っているのだろう。

しかし全く問題ない。

「確かにさっきは俺に注目が集まるように戦っていたからな。撃たれた方が迷惑だったさ。むしろ撃たないという判断をしたリブルは正しい」

「……良かった。間違いだったらどうしようかと……骨小魔術師(レッサースケルトン・ウィザード)に至近距離から魔術を放たれていたようだったので……」

岩弾(ヴラフオス・ボリヴァス)のことだな。

確かにあれはリブルからすればかなり危なく見えたのだろうとは思う。

「いや、近づいた時点で撃たれるだろうとは思っていたからな。避ける覚悟も決まってたから、リブルが感じたより危ないところじゃなかった」

「そうだったんですか……!? あんなものをはじめから避ける気だったなんて……その、命知らずですね……!」

言い淀んだのはあんまり褒め言葉ではないからだろう。

しかし、俺は言う。

「そいつは冒険者にとっては褒め言葉だな。もちろん命を大切にするのも大事だが、行けるところで行かないのは問題だ。俺は行けると思った。だから俺にとっては危なくなかった。なんて、結果論に思えるかもしれないが……」

「……レントさんについていきて、私も冒険者になれるかもしれない、なんて一瞬でも思ったのが間違いだと強く思い知らされますね……。あんな恐ろしいこと、出来る気がしませんよ」

「なんだ、そんな気があったのか?」

「いえ、そこまで本気ではないですよ。というか昔、夢だったので、もしかしたら可能性くらいは……というか。夢のまた夢だったようですけどね」

「そんなに捨てたものでもないと思うけどな」

「いえいえ……」

そんな話をしながら、俺達は洞窟をさらに奥へと向かって進んでいく。

最奥は近い。何が待っているのかは分からないが、ただの骨人だけのつもりが、骨小魔術師なんてものまで出現したのだ。

気を引き締めなければ。

深くそう思った。

「……どうやらここが最奥部だな」

進み続けてどれくらい経っただろうか。

あれから途中、通常の骨人（スケルトン）も現れたので時間的にそこそこかかった気もする。

ただ、通常の骨人（スケルトン）に加え、骨小魔術師（レッサースケルトン・ウィザード）や骨兵士（スケルトン・ソルジャー）もこの洞窟をうろうろしていたことで、ここが骨人（スケルトン）達の発生源である可能性がより強まったのも確かだ。

実際、最奥部に辿り着いてみて、その可能性は確信に変わった。

「ここで骨人（スケルトン）が発生していた……のでしょうか？」

リブルが俺の少し後ろに立ち、尋ねる。

何がいるか分からないから十分に注意して俺の背後にいてくれ、と指示してあるからだ。

俺は彼の質問に頷いて答える。

「間違いないだろうな。リブルに感じられるかは分からないが……ここには邪気が漂っている」

邪気、という言葉には様々な意味があるが、この場合は〝淀んだ魔力〟というくらいの意味合いだな。

それらが凝り、一所に溜（た）まって淀み続けると、そこが魔物の発生源になる、という現象は確認されている。

俺達冒険者からするとかなりありふれた現象なので、今回のような場合にはこれをまず疑うものだ。

実際、そのようだし予測は正しかったようだ。

「邪気ですか……。少し嫌な感じがする場所だなとは思いますが、狭まった空間だからなのかその邪気によるものなのかは分からないですね……」

「魔力を感じられないと分からないものだからな。リブルにも少し魔力はあるようだから修行すれば分かるようになるかもしれない」

「……私に魔力があるなんて、知らなかったです。でもそういうことなら、嫌な感じの方は気のせいなんでしょうね」

「まぁな……ともあれ、とりあえず邪気を散らすか。そうすればもう骨人（スケルトン）なんて発生しなくなるはずだ……」

と、そこまで言ったところで、洞窟最奥部の中心に、強い魔力が収束し始めた。

「……何が……!?」

流石にこの異変についてはリブルも感じられたようだ。

俺は彼に言う。

「リブル、下がれ。魔物が発生する瞬間だ！」

迷宮での湧出(ポップ)に似ているが、あれとはまた異なる現象だ。

あっちは本当に何にもないところに突然現れるからな。

まぁどちらも目の前で見ることが出来ることは冒険者以外では稀(まれ)で、リブルはある意味貴重な体験をしているのは間違いない。

目の前で魔物が生まれる瞬間を見られることが喜ばしいことかと言われると謎だが。

リブルは俺が叫んだと同時に頷いて、大きく後ろに下がっていく。

ここに来るまではほぼ一本道だったので、背後から骨人(スケルトン)が来る可能性は少ないから大丈夫だろう。

一応、リブルに後ろも警戒するようには言ってあるから来たとしても時間稼ぎくらいは可能だろうしな。

しかしそれにしてもどんな魔物が発生するのか……。

普通の骨人(スケルトン)だったとしたら拍子抜けだが、比較的容易に倒すことが出来るのでありがたい。

だけどな……。

「……やっぱりそんな上手(うま)くはいかないか」

俺がついそう呟(つぶや)いたのは、魔力が凝ったところ、邪気の集約点の地面からボコリ、と這(は)い出てくるように新たに現れたその存在を見た瞬間だった。

そこにいたのは普通の骨人（スケルトン）ではない。

鎧を纏い、剣と盾を持った骨人（スケルトン）……骨騎士（スケルトン・ナイト）と呼ばれる存在だった。

――キィン！

と、俺の剣が盾に弾かれる。

それから剣が素早く突き出されたので、俺はバックステップでそれを避け、間合いを取った。

……駄目だったか。

と残念に思いながら。

魔物は発生した瞬間が最も気を抜いた状態であることが多い、と言われているので先制攻撃を狙って飛びかかったのだが、結果は失敗である。

流石は骨兵士（スケルトン・ソルジャー）よりも上位の個体と言われる骨人（スケルトン）系の魔物だけある。

俺もああいう進化をしても良かったかも知れないな……。

そうすれば、また違う強さが身についたかもしれない。

もちろん、俺の目的はあくまでも人に戻ることであるからしてああいう中身スカスカな骨人（スケルトン）系で進化し続けるわけにはいかなかっただろうが。

骨人（スケルトン）系統はどれだけ上位の魔物になっても結局は骨だからな……。

どうやったって街の中を出歩けないのでは困る。

それにしても……どう攻めるかな。

骨騎士（スケルトン・ナイト）は骨人（スケルトン）系でもかなり攻守のバランスが良い魔物として知られている。

特に盾持ちは厄介だとも。

骨騎士（スケルトン・ナイト）は骨兵士（スケルトン・ソルジャー）と同様に、個体によって持っている武具が異なる。

その肉体……というか、骨体といえばいいのか、ともかくその体の素（もと）になった持ち主が持っていた武具をそのまま持っているためであることが多い。もちろん、徘徊（はいかい）しているうちに武器を持ち替えることもあるが……。

ちなみに今目の前にいる奴は初めから持っていたわけだから、この洞窟でかつて死んだ者の亡骸がここに埋まっていて、そいつがこういう武具を持っていた、ということなのかもしれない。

こんな洞窟になぜ、という疑問が生じなくもないが、こういうところは様々な魔物の住処になってきたところであるのが普通だ。

前もゴブリンが住んでいたと言うし、もっと前は強力な魔物が住んでいて、討伐するために入った者がそのままここで力尽きたということもあるだろう。

そしてそんな者が骨人（スケルトン）になってしまうわけだが……元の体の持ち主の力が強ければ強いほど上位の個体になるわけで、骨騎士（スケルトン・ナイト）になりうるような力の持ち主で、かつ盾を扱える技術を身につけていたというのなら……手強いことは言うまでもない。

骨人はその体を支える骨がむき出しだから色々と狙いやすいものだが、鎧を纏われ、盾で防御されるとそれだけでかなり倒しにくくなるものだからな。

まぁ、それでも頑張って倒すしかない。

洞窟はここで終わりであることを考えれば、もう聖気でもって力押しをするのでも良い気がするが……。

いや、今はまだ温存しておいたほうが良いだろう。

依頼は帰るまでが依頼だからな。

ここから村まで戻るときにまた何か出ないとも限らない。

まだピンチ、というほどでもないのだし、出し惜しみではないが、とりあえず普通に戦ってみてから考えよう。

◆◇◆◇◆

今俺が使える手札は三つだ。

魔力と気……それに魔気融合術。つまりはいつも通りだ。

切り札として聖気も、他に手がなくなったときは出し惜しみするつもりはないが、骨騎士相手であれば使わずに倒すのが最も望ましい。

これについては奥の手としておいて、基本的な三つで攻めよう。

頭の中でアバウトにそう決めて、まずは剣に魔力を注ぐ。

身体強化も勿論かけて……俺は地面を踏み切る。

先ほどまでよりも素早く距離を詰めた俺に、骨騎士（スケルトン・ナイト）は警戒を強めたのか確実に盾で身を守ろうと半身になって、盾の陰に出来る限り体の多くを隠して相対してきた。

やはり、一筋縄では行かなそうだ。

俺が振り上げた剣は再度、骨騎士（スケルトン・ナイト）に弾かれてしまう。

そして骨騎士（スケルトン・ナイト）は俺がこの後、改めて距離を取ろうと下がることを予想していたように、前に出ようとした。

先ほどよりも速度を上げたとはいえ、この攻撃は一撃目の焼き直しだ。

骨騎士（スケルトン・ナイト）には人のような思考も感情も存在しないと言われているとはいえ、それは何も学習しないことを意味するわけではない。

骨騎士（スケルトン・ナイト）も、戦えば戦うほど経験を積み、強くなる。

たった今、俺がやったことを記憶し、それに対応する方法を即座に考えつくくらいには成長するのだ。

だが、当然のことに俺もまた成長する。

一撃目で骨騎士（スケルトン・ナイト）の実力を知って、今回の攻撃が絶対に防がれないだろうと思うほど愚かではない。

では、なぜ同じような攻撃を仕掛けたか、と言えばそれは骨騎士（スケルトン・ナイト）の動きを限定するためだ。

同じ行動に対しては同じような反応に出やすい。

それは通常の生き物のみならず、骨人（スケルトン）のような魔物も同じだ。

反射を完全に制御するのは難しく、武術はその辺りの矯正に果てしない反復練習を課すことによって乗り越えさせるが、骨人（スケルトン）のような魔物は中々そのようなことは出来ない。

もちろん、骨の体になった結果、人には出来ないような動きが出来るようになって、反射的にどのように動くのかを予測するのは簡単なことではなくなる。

たとえば俺が誰も見ている者がいないとき、首や腕をグルグル回したり、腰が折れるほど仰け反ったりなどするように、骨人（スケルトン）にも同じことが出来るからだ。

けれど、俺は骨人（スケルトン）相手に果てしないほど戦ってきたし、実際に自分が骨人（スケルトン）としてやってきた経験がある。

何が出来るのか、どう動くのか、それが自分のことのようによく分かる、わけだ。

そんな俺の経験からして、今回の一撃を盾で防いだ後、骨騎士（スケルトン・ナイト）は俺へと距離を詰め、突きを放ってくると……。

しかも、先ほどよりもずっと素早く行おうとするだろうと。

そしてそのためには、いかに骨だけの体になったとはいっても抗（あらが）えない物理的法則がある。

骨騎士は、俺に向かって速度を上げるために、地面を思いきり踏み切ろうとするはずだ、と。

そうでなければ、バックステップとは言え、距離を取ろうとする俺との距離を詰めることなど出来ないから。

骨騎士として、通常の骨人よりも位階が高くあって、鎧などを身につけた結果、踏ん張るためには余計に強く地を踏まなければならない……しかしそこには落とし穴があるのだ。

比喩的な意味ではなく、そのままの意味で、落とし穴が。

俺はその瞬間、魔力を込めた剣を使い、骨騎士が踏もうとしていた地面を深く沈み込ませた。

まだそれほどこの手法になれていないし、魔力量の問題もある。

だが、概ね脛辺りまで入るような穴を局所的に作り出すくらいなら十分に可能なのだ。

特に、この洞窟の中の地面のように、土が堆積したに過ぎないような地面なら余計に。

骨騎士は案の定、その穴にうまく嵌まってくれ、がくり、と体のバランスを崩した。

流石と言うべきなのはそこまで大きくは崩れていないということだろう。

穴の深さを理解するやその底に着いた足の力と向きを即座に調整し、またもう片方の足に力を込めてすぐに抜け出そうとしたのだ。

だが、たった一瞬であっても、俺にとっては大きなチャンスである。

バックステップで下がった俺だったが、初めからこの状況を想定していたため、即座に攻撃に転じる準備は出来ていた。

魔力で自分の足下に思い切り踏み切るための土塊の突起を作り、そこを蹴り飛ばして骨騎士（スケルトン・ナイト）のもとへと突っ込む。

これは予想していなかったらしい骨騎士（スケルトン・ナイト）は、しかしそれでも盾を俺の方へと向け、防御しようとするが、俺はその骨騎士（スケルトン・ナイト）の盾を握る手にあまり力が入っていないことを理解し、剣に魔力と同時に気を注いだ。

魔気融合術である。

やはり力の入れにくさはあるが、前よりはずっと維持するのが楽だ。

その剣を骨騎士（スケルトン・ナイト）の盾に向かって、横薙ぎにすると……。

剣が盾に触れると同時に、盾の表面に爆発が生じ、そして骨騎士（スケルトン・ナイト）の腕ごと盾が吹き飛ばされた。

やはり、しっかりと握れていなかったようだ、というのがそれで分かる。

攻撃から身を守る手段を一つ失った骨騎士（スケルトン・ナイト）。

しかし、それでも鎧は纏っているし、剣も持っている。

ここで更に突っ込むか、それとも安全をとって間合いを取るかという選択肢が生まれるが……。

もう俺の心は決まっていた。

ここで戻ったらきっと対応されるだろう。

それくらいの学習能力が、この骨騎士（スケルトン・ナイト）にはある。

だからこそ、俺は更に踏み込んで、骨騎士（スケルトン・ナイト）の懐まで入った。

その選択が正解だったと確信出来たのはその瞬間。

そこまで入って、骨騎士(スケルトン・ナイト)の鎧の間に隙間が見えた。

剣を差し込める隙間が。

その隙間の先には、骨騎士(スケルトン・ナイト)の心臓部であろう魔石も覗いていた。

ただ剣を差し込んだだけでは致命傷にならないだろうが、これなら……。

俺は迷わず剣をその隙間へと差し込むと、魔石に向かって一直線に突きを進めた。

剣には未だ、気と魔力が込められている。

そのため、剣が魔石に触れると同時に、骨騎士(スケルトン・ナイト)の鎧の中で爆発が起こった。

鎧の内部であるため、爆発のエネルギーは内部に籠もる。

多少は外にも漏れるが、それは頭部へと続く鎧の隙間からだったので、俺にとっては都合が良かった。

爆発のエネルギーは、骨騎士(スケルトン・ナイト)の鎧の中の骨を全てバラバラに砕き、さらには頭部もいくつかの破片に砕いてしまったからだ。

魔石は砲弾のように吹き飛び、洞窟の壁にぶつかってから、転がった。

「……レントさん！　やりましたね！」

リブルがそんな言葉を叫びつつ近づいてきたのを見て、
どうやら、なんとか勝てたらしい。

そんな実感がやっと湧いた俺だった。

「……これでもう、骨人(スケルトン)が村を襲ってくることはないのでしょうか……？」

リブルが少しだけ不安げにそう尋ねてくる。

彼ら村人にとってはそれが最も重要なことだから当然だろう。

不安そうなのは、まぁ、魔物の細かい生態とか発生の仕組みとかをよく知らないからだろうな。どうやったら骨人(スケルトン)が発生しなくなるのかが分からない。

これは冒険者でもあくまでも大体こうであるだろう、くらいの認識しかないことだから仕方がない。

魔物というのは未だに分かっていることの方が少ない存在であり、俺達が魔物の知識、と呼んでいるものは確定した知識と言うよりは日夜書き換えられ続けている暫定的なそれでしかないとしか言えないからだ。

何せロレーヌのような天才がお菓子と紅茶片手にたまに昼寝をしながら真剣に研究したって……真剣か？　いや、真剣だ……中々明らかにならないことばかりなのである。

学なんていらねぇとかなりがちな冒険者がそんなこと細かく覚えているわけもない。

マルトの冒険者はウルフの影響か比較的知識を重視する気風があるけどな。

若いのには俺もその辺りを教えたし、悪くない方だ。

とはいえ、一般的にはその程度だということだな。

しかし、とりあえず今回の骨人（スケルトン）については言えることもある。

「まだ、ここには邪気が漂っているからな。安全だとは言えない」

「ということは……」

「放っておけばまた発生するだろうな」

「そんな……！」

俺の言葉に絶望的な表情を浮かべたリブルであるが、俺だってもちろんそんな状態で放置するつもりなどない。

しっかり説明してやる。

「リブル、慌てるなよ……〝まだ〟って言っているだろう？　これから安全にするのさ……」

「あ……そっか、そうなんですね。すみません、焦ってしまって……でも、一体どうやって……？」

邪気の散らし方、なんてそれこそ普通の村人が知っているようなことではないからな。

ただ実際にはそんなに複雑なことでもない。

俺は魔法の袋からごそごそとあるものを取り出す。

「……それは、瓶ですか？　中に何が？」

取り出した美しい作りの瓶を見てリブルがそう尋ねてきたので、俺は答えた。

「この中には聖水が入っている。マルトで宗教団体が寄付と引き換えにくれるものだな……」

本当に事実に即して言うのなら、寄付というより購入金額なわけだが、そのあたりを寄付、と言ってぼやかすのが宗教団体というものだ。

阿漕（あこぎ）な商売である。商売とは絶対に言わないのだろうが。

ともあれ、寄付、というのもまるきり間違いというわけでもない。

特定の宗教団体に色々と貢献した者には寄付の額を下げてくれたりするものだからな。

はっきりと金額が決まっていないのだ。

逆に気にくわない奴には馬鹿高い寄付金の額を提示したりすることもある。

俺の場合はどうかと言えば、その本性が何かを考えるとそれこそいくら積んでもくれなそうだが、俺にはニヴというロベリア教にかなり強いパイプを持つ知り合いがいるからな。

そのお陰でロベリア教から安めに仕入れることが出来る。

ロベリア教自体に気に入っている部分はさっぱりないが、それでもなんだかんだ言ってあそこの聖水は出来が優秀なのでついつい買ってしまう。

他にも、今なら東天教のリリアンが聖女としての力を取り戻しているからな。

そのうちマルトの東天教の教会の聖水も品質が上がるかもしれない。

今までもたまに買っていたが、やっぱり効果が若干弱かったからな……期待しているところだったりする。

そうなったら是非お友達割引が採用されたりしないものか……とか少しだけ考えたりするが、無理強いするつもりは勿論ない。

ロベリア教の場合もなんか向こうが妙に気を遣って安くしてくれているというのが本当のところだからな……ニヴは結局ロベリア教のどんな弱みを握っているのだろうと気になるところだが、それを知るためにはもう一度奴に会わなければならない。

それは勘弁なので、永遠に分からないままでも別に構わない……。

そんなことを考えていると、聖水だと言われて納得したらしいリブルが俺に言う。

「聖水でしたら、村でも行商人の方から仕入れることがありますよ。年に一度、収穫祭の日に村の周囲に撒くんです」

「それは魔物除けのためだな？」

「ええ。と言っても、気休め程度らしいですが……」

「まぁ、それはそうだろうな。聖水を魔物除けとして使っても、揮発したらそれで効果が失われてしまう……余程濃いものなら数ヶ月持つこともあるが、流石にそんなもの使ってたら金が持たないだろうし……」

小さな村の収入くらいではそんなものを気軽に魔物除けには使えないだろう。

それでも年に一度はやるのは昔からの風習とかが残っているからだろうな。

収穫祭などで儀式の一環としてやるわけだ。

今でこそ他にも色々と種類のある魔物除けだが、ずっと昔は聖水一択だったとロレーヌに聞いたことがある。

当時は人が魔物から身を守るための手段が聖気に頼るしかなかったわけだな。

魔力や気もあるじゃないか、と言いたくなるが、これは聖気の性質によるものだ。

魔力や気はその力を潜在的に持っている者が後天的に気づいて努力し、戦闘能力まで高めるものだが、聖気は違う。

神や精霊の加護で、身についたそのときから普通に使えるものだからだ。

もちろん、努力で伸ばせる部分もあるが、理屈も理論も研鑽(けんさん)もすっ飛ばしてある程度魔物に対抗出来る力、というのは、ずっと昔では今とは比較にならないほどに重要視されたに違いない。

だからこそ、今でも聖気を持つものは宗教団体で祀(まつ)り上げられて聖者聖女と呼ばれるわけだな。

「でも……レントさんはその聖水を今から使うんですよね？　どうしてですか？」

「それは邪気を払うのに高い効果があるからだな。確かに長続きはしないから、村のような拠点を一年中守り続ける、なんていうことには使いにくいものだが、骨人(スケルトン)が発生するほど強い邪気を散らす、というような使い方には実のところもってこいなんだよ」

まぁ、本当のところを言うなら俺には聖水なんて使わずとも聖気があるのでそれで散らす、ということも出来なくはない。

ただこれに関しては戦う力に転用出来るもの、というかそっちをメインに使いたい。

聖水で代用出来るなら聖水を使うべきだということだ。

若干疑いの目で見ているリブルに、俺は言う。

「まぁ、見てろ……ええと、どの辺に撒くかな……確か、さっきの骨騎士（スケルトン・ナイト）が発生したのはこの辺りだったよな？」

リブルに尋ねると、頷く。

「多分そうだったと……」

「じゃあ、ここがいいだろうな」

そして、俺は聖水を撒いていく。

当たり前と言えば当たり前だが、聖水の量については気をつける。
聖水は安いものではないし、ロベリア教のものは余計にそうだからだ。
まぁ、別に最高品質のものというわけではないし、ニヴ価格で購入しているから一般的なものと比べてもそんなでもないが、あんまり考えなしな使い方をしていると今回の依頼の報酬が吹っ飛ぶ。

かといってあまりケチケチし過ぎるとせっかくの邪気払いの効果すら発揮出来ずにまたここで骨人(スケルトン)発生、なんて可能性もありうる。

だから匙加減(さじかげん)をしっかりと考えないとな……。

そしてそのためにはどの辺りがもっとも邪気が濃いかを見極めなければならない。

まぁ今回は幸い、というべきか、ついていなかったのが逆に良かったと言うべきか、骨人(スケルトン)が発生した瞬間を見ることが出来たからな。

まさに発生したその場所こそが邪気の集約点だと分かるので、そこを重点的に祓(はら)ってやれば最大限の効果を発揮させることが出来る。

そういう瞬間を見られなかったときはどうするのかと言えば歩き回ったり観察してどの辺りが集約点かを見極める作業が必要なわけだな。

ただし、ロレーヌのような魔眼持ちがいれば話は別で、一発でここだと見極めてくれるのでかなり楽になる。

魔眼持ちは中々いないし、いても使いこなせていない者が大半なのでロレーヌの便利さが際立つな……。

ともあれ、今はそんなことよりも邪気払いか。

聖水の瓶の蓋を開け、ちょろちょろとケチくさく聖水を撒いていく。

すると、徐々に邪気から漂う嫌な感じが消えていくのが分かる。

これはリブルもほとんど魔力が感じられないとはいえ、分かるらしく……。

「……なんだか、空気が明るくなってきたような気がします……」

などと言っている。

「今、邪気が消えていっているからな……よし、こんなものでいいだろう。あとは軽く祓っていけば……」

今度は直接撒かず、剣に垂らしてからその剣をぶんぶん振るいつつ、洞窟の中を歩く。

これで残り香のように漂っている邪気も散らすことが出来る。

魔物を発生させるほどの濃さではないまでも、放置しておけばまた集約点に集まってしまうから
この作業も必要なのだ。

ただ聖水を撒いて散らすともったいないのでこういうやり方になる。

しばらくそういう作業を繰り返すと、辺りはすっかりと清浄な空間になった。

洞窟特有のジメジメした感じまで消えたような気さえするが、それは流石に気のせいだろう。

とはいえ……。

「これでもう、ここで骨人(スケルトン)が発生することはない……はずだ」

俺がそう言うと、リブルは安心したらしく、ほっとした表情で、

「本当ですか!?」

「本当だ。まぁ、でもこの洞窟はもしかしたら邪気が溜まりやすいところかもしれないから、年に

一度くらいは冒険者をやとって、ここに安物で良いから聖水を撒いてもらったりした方がいいかもしれないな」

「なるほど……村に戻ったら、村長に相談してみます。……あっ！」

俺の言葉に頷きながらそう言ったリブルだったが、突然、足を捻ってこける。

「おいおい、何をしているんだ……うかれてるのか？」

「いえ、そうじゃないんですが……何かが足に引っかかって……」

「足に？……なるほど、確かに」

見てみると、リブルが言ったとおり、彼の足下の地面の土が何かで盛り上がっているのが見えた。

ちょうどそこに引っかかったということだろう。

気になって掘ってみると、

「……これは……杯、かな？」

「みたいですね……なんでこんなところに？」

それは鈍い輝きを纏う小さな杯だった。

あまりいいものには見えない。

「ここに以前来た冒険者や戦士なんかの持ち物かな？　さっきの骨騎士の素となった者のものかもしれない。ちょうど、この辺から出現したもんな」

「あぁ、なるほど。そういうこともあるんですね……あんまり価値はなさそうですが」

「いや、分からないぞ。磨けば光るかも……とりあえず持って行って、マルトで鑑定でも頼んでみるさ。お宝だったら儲けものだ」

「なんだかそういう発言を聞いているとやっぱりレントさんも冒険者っぽいですね。あんまりお金！って感じじゃない気がしてたので、なんだか新鮮です」

「いやいや……俺だってお金は好きだぞ。特にこういう宝物を見つけたときなんかは嬉しい」

「宝物にはまるで見えないのですけどね……」

リブルの杯を見る目はただの汚い食器を見る目そのものだ。

確かにその通りだと思うので、なんとも言えない。

「……まぁ、ともかく。これでもうここには用はない。村に帰ろうか」

「そうですね。村の皆にももう、安心だって早く伝えてやらないと。村に戻ればきっと美味(おい)しいもののくらい出してくれると思いますよ。まだまだ復興出来てる感じじゃないですけど、狩りはしっかりしているでしょうし」

「それは楽しみだな……」

そんなことを話しつつ、俺達は洞窟を外に向かった。

しかし……。

ふと、俺は考える。

「……あの骨騎士(スケルトン・ナイト)、妙に強かったな……？」

骨騎士（スケルトン・ナイト）の強さ、というのはピンキリだ。

もちろん、最も弱いものでも通常の骨人（スケルトン）よりは遥かに強いのが普通だが、それにしても今回の骨騎士（スケルトン・ナイト）は相当なものだったように思う。

それでも油断せずに戦った結果、勝つことが出来たので良かったが。

「レントさん、どうされたんですか？」

立ち止まった俺に、リブルがそう尋ねたので、俺は慌てて歩き出し、

「……いや、大したことじゃない。さっきの骨騎士（スケルトン・ナイト）に勝てて良かったなと思っただけだ」

そう言って村へと向かったのだった。

レントとリブルが洞窟を出た後、その最奥部に二つの影が現れる。

「……あれだけ色々やったのにこんな結末ってどうなの？　全部水の泡ね」

片方の影が、皮肉げな声色でそんなことを言った。

「あんな冒険者がこんな時期に来るなど想定外だった。そもそも、外部との接触を可能な限り行わせないよう、村の連中を不自由させるなと私は言ったぞ」

もう一つの影が苦々しげな声でそう返した。

「だから頑張ってあげたじゃない。行商人のまねごとなんて面倒で仕方なかったけど、言われた仕事はやったわ。悪いのは私じゃないのに責めるのは止(や)めてくれる？」

「……いや、その通りだ。すまなかった」

「そうそう、素直に謝ってくれるならいいのよ。大体、運が悪かっただけでしょう？　戦ってるの見たけど、あんな腕の冒険者がこんなド田舎くんだりまで足を伸ばすことなんてまずないもの。それに、潰れたのがここで良かったんじゃない？　あくまでも予備なんだし」

「それでも一番上手くいっていたのがここなんだが……せっかく骨騎士(スケルトン・ナイト)まで進化させることが出来たのに、杯まで失ってしまった……」

「あれって《存在進化》なの？　ただの《発生》にしか見えないのだけど」

「何を言うか。あれの素がここで邪気に変化し、集約点で生まれたところはお前も見ているだろう。杯を起点に人工的に促した形だからそう見えるだけで実際のところは……」

「あぁ、難しい話はいいわ。それより、必要なことは出来たと思って良いのかしら？」

「概ねな。最終段階に至る前に終わってしまったが……十分な結果だろう。杯も惜しいが、調べても何も分かるまい。ここも放棄だ。いくぞ」

「はいはい……次は、ウェルフィア？」

「あそこにはいい素体が集まる。研究も更に進むだろう」

「あんたって本当に研究馬鹿ね……まぁ、いいけど。あの方のご指示だし、私は従うだけよ」

「では文句を言うな」

「分かったわよ……」

そして、二つの影は完全にその場から去った。

閑話　とある城にて

「……何か、言い訳が、あるのかな？」

一文節毎を強調するように区切り、穏やかな微笑みを顔に張り付けながらそう尋ねたのは、玉座に座る少年だった。

何の装飾も見られない石造りの玉座は漆黒に染まっていて、まるで一つの巨岩から削り出されたようにつなぎ目がない。

《王》が座るにしてはあまりにも質素で、それは玉座のみならず、それが置かれている巨大な部屋の中全体がそうだった。

何一つとして華美な装飾は存在せず、主に完全な黒と、鈍く黒ずんだ赤を基調とした陰鬱な色合いがその部屋の中全てを支配していた。

玉座に座る少年の、抜けるように美しい白色の髪色だけが、日の光のように明るい。

しかし、そんな少年の瞳の中に覗くものは、むしろ深い闇だった。

彼が見つめているのは、玉座が置かれている壇上の遥か下、そこで震えながら膝をついている一人の男だった。

特徴的な容姿の男で、ぴしりとした紳士服を纏い、地についた右手の横にはステッキとシルクハットが置かれている。

もし彼のことをレントが見たら、きっとこう言うだろう。

王都で俺を襲ってきたあいつだ、と。

手も足も出なかったあいつだ、と。

それなのに、そんな男が、自分よりも遥か年下にしか見えない少年の前に、震えながら膝をついている。

声をかけられたというのに喉が言うことを聞かず、言葉になるかならないかの呻き（うめ）のようなものだけを玉座の間の中に小さく響かせている。

これは異常なことだった。

玉座に座る少年は、そんな男を見て軽くため息を吐き（つ）、微笑みをさらに柔らかいものにして言う。

「……僕は、別に怒っているわけではないんだ。ただ、どうしてあんなところにいたのか聞いているだけなんだよ。それは、分かるかな？」

いつの間にか、気配も感じさせずに少年は男の背後に移動して、男の肩に軽く右手を置く。

びくり、と男は身を更に震わせるが、それ以上のことはやはり何も出来ない。

そんな男のもう片方の肩に少年は左手も置き、そして耳元に軽く顔を近づけた。

少年は、男に囁く（ささや）。

「僕は今までずっと言ってきた。ヤーラン王国には僕の指示なく踏み込まないように、と。それは、君が《孫》であっても、知っているかな？」

流石にこれについては返答しないわけにもいかず、男は答える。

「……は、はい……。《親》であるヤンシュフからそのように教えられ……ッ！」

途中まで答えたところで、男は自分の頭部が空中を飛んでいることに気づいた。

痛みはない。

不死者として高位に位置する者は、自らの感覚をコントロールすることが出来る。

特に痛覚に関しては完全な無にすることも可能で、いつ誰に攻撃されるか分からない以上、常に痛みは感じないようにしていた。

それでも、何かされればそれなりの衝撃を感じるものだし、首を飛ばされるほどの攻撃が身に迫っていれば察知することも出来る。

にもかかわらず、飛んだその瞬間まで、何も分からなかった。

くるくると景色が回り、それがしばらく続いた後、ぽすり、と頭部を誰かにキャッチされる。

誰がそうしたのかは言うまでもないだろう。

先ほどまで玉座に座っていた少年だ。

今、この部屋には彼と自分の二人しかいないのだから。

「教えられたことをなぜ、素直に出来ないのかな？　こんな風に簡単に首を飛ばされるのも……ヤンシュフは痛覚を切れと教えたのかい？　痛みは危険を察知するために重要な感覚だよ……そんなことも守れないから君は今日ここで死ぬことになるんだ。分かっているかい？」

嘆かわしい、といった様子で、世間話のように始まった少年の言葉は、徐々に物騒な色を帯び始める。

今日、ここで、自分が死ぬ？

男は今聞いたことに酷く怯えた。

この身を不死者のものへと変え、どれほどの年月が過ぎただろう。

初めのうちは死を恐れていたが、徐々にそんな意識も薄れ、今ではほとんど感じないそれ。

強くなったから、そういう存在になったから、危険が消えたから……。

そんな理由で死への恐怖を克服出来たのだとずっと思ってきた。

けれど、今、気づいた。

克服出来たのではなく、眼前にそれが迫ることが少なくなったから意識する頻度が減っただけだったのだと。

今、自分の頭を把持している少年は、確かにそれを自分に与えることが出来る。

それも、大した労力もかけることなく、気軽かつ簡単に。

それが伝わってくるのが何よりも恐ろしい。

嫌だ。

死にたくない……。

男は混乱の最中、首だけで少年に言う。

「……も、申し訳なく存じます。しかしヤーランに足を踏み入れたのは、近年勢力を増す魔王達(たち)に対して、我々も何かしなければならぬと思ってのことで……ヤーランでしたら、他の勢力もほとんど手をつけておりませぬし、何か出来ることがあるのではないかと思ったのです……」

その必死の言葉が通じたのか、今まで反対に見えていた景色がぐるん、と正しい位置に戻り、それから、ぽん、と首が地面に置かれた。

正面にはしゃがんでこちらを見る少年の姿がある。

顔にはやはり、穏やかな微笑みが浮かんでいる。

浮かんでいるが……男はその表情に、先ほどまでよりも強い圧力を感じた。

その理由は、次に少年の口から出てきた言葉から理解出来た。

「魔王ね……あんな負け犬共のことなど気にすることはないのだけど……まぁ、君がそれなりに僕達のことを考えて行動したということは認めよう。君の個人的な趣味でそれが行われたというのなら、認めるべくもなかったが」

どうやら、この人は魔王のことを好ましく思っていないらしい。

その名前を出したこと自体が間違いだったようだ。

さらに少年は続ける。

「……まぁ、罰は、死刑から、この城のオブジェになる、まで下げてあげることにしようか。良かったね。君のこれからの仕事は、城の出入り口で首だけで門番をすることだよ……あぁ、そうなると体の方はいらないか。では、君の体にさよならを言おうか？　記念すべき瞬間を一緒に見るかい？」

少年は男の首の位置を丁寧に調整して、男の体が目に入るように置いた。

それから、軽く手を掲げ、男の体に向かって何かを放とうとしている。

魔術か、何かだろう。

それによって、言葉通り、男の体を破壊する気なのだ。

普通であればそんなことをしても男の体は即座に再生する。

しかし、この人ならば……。

本当に完全に消滅させてしまえる手法を持っていてもおかしくない。

明らかに本気なのだ。

「や、やめっ……！」

「やめないよ。はい、それじゃあ、さようなら……」

少年の手から、何か光が放たれる。

男は何も出来ずに、それを見守るしかなかった。

終わった。

これで、これから、男は首だけで城の入り口の外を見るだけが仕事になる……。

そう思ったのだが、光が収まったそのとき、そこにはまだ、男の体が存在していた。

そして男の体の前には、一人の人物が立っていた。

肩で息をしながら、恐ろしく強固な《盾(シールド)》を張っている人物が。

ただ、その《盾(シールド)》はすぐにボロボロと崩れ落ち、それを張っていたらしき人もまた膝をつく。

美しい姿をした青年だった。

額には汗が浮いているが、それでもその青年の美貌を少しも削(そ)いではいない。

「……ヤンシュフじゃないか。可愛(かわい)い《子》のために体を張りに来たのかい?」

そう、それはヤンシュフじゃないか、少年の《子》に当たる者。


男の《親》であり、少年の《子》に当たる者。

ヤンシュフは言う。

「……恐れながら申し上げます。どうか、罰についてはご再考ください。その者は……タヴァスは、忠実なる臣下でございますれば……」

「おかしいな。忠実なら僕の指示に従うはずなんだけどな?」

「それは……私の監督不行き届きです。どうか……」

「じゃあ、君が代わりに死ぬかい?」

少年の手が上がり、ヤンシュフに向けられる。

これにヤンシュフは頭を下げ、

「どうぞ、ご随意に。この身は血の一滴までも貴方様(あなたさま)に捧(ささ)げられたもの。お望みとあれば……」

一切抵抗するそぶりなくそう言った。

これに少年はふっと微笑み、それから男――タヴァスの首の方を見て、

「これが忠実というものだよ。分かったかな？」

「……は、ははっ……」

「本当に分かったのかな？　まぁ……今回は、ヤンシュフに免じて許してあげることにしようか。でも、次はない……あぁ、そうだ。そんなに何かしたいなら君に任務でもあげようか？　お望み通り、ヤーランでの仕事だよ」

思いついたようにそう言った少年に、ヤンシュフが尋ねる。

「タヴァスに一体何をさせるおつもりで……？　お分かりでしょうが、まだまだ未熟ものです」

「なに、そんな難しいことではないさ。今度、あの国の鉱山都市ウェルフィアで面白い出し物が二つ、行われる予定なんだ。一つは、銀級昇格試験。そしてもう一つは、鍛冶大会さ。前者の方は今回はどうでもいいんだけど、後者の方は僕らにとってそれなりに重要だ。血武器(サン・アルム)を作ることが出来る鍛冶師が減ってきているからね……そこで君には、鍛冶大会で有望な鍛冶師を見つけ、こちら側に引き込んでもらいたい。出来るかな？」

「そのくらいでしたら……」

絞り出すように言ったタヴァスだが、そんな彼に《親》であるヤンシュフから注意が入る。

「この方は簡単な任務など出されない。油断して臨めば死ぬぞ」

「……分かりました。よくよく注意して参ります」

色々とされて素直になったタヴァスはすぐにその言葉を受け入れて、そう言った。

そんなタヴァスを見て満足したらしい少年は、いつの間にか玉座に戻って、

「よし、君も中々分かってきたみたいだね。それじゃあ、話はこれで終わりだ。期待しているよ」

そう言ったので、タヴァスは自らの体を動かし、首を拾って頭に取り付けてから跪(ひざまず)いて言った。

「……承知いたしました。アーク様」

そして、ヤンシェフ、タヴァス共に玉座の間から完全に姿を消した。

村に戻り、ことの顛末(てんまつ)……もう骨人(スケルトン)が出現しなくなったことを伝えると、リブルが予言した通りと言うべきか。
村長が今日の夜は宴会だと言って、今、村にいる者全員を集めてその準備を始めてしまった。
応急処置的に村の重要な部分は修復し終わっているとは言え、まだまだ復興にはほど遠いのにそんなことに人と時間を割いていいのだろうかと一瞬思わないではなかった。
しかし、きっとこれは一種の区切りなのだろう。

骨人（スケルトン）に襲われ、村や人にかなりの被害が出て、一時はもう完全に村を放棄しなければならないかもしれないというところまでいったのだ。

そんな中、一縷（いちる）の望みを捨てずに出来ることを全てやった結果、こうして村に戻ってくることが出来、さらにこれからの魔物の心配もなくなった。

今日から彼らには明るい未来が広がっている。

そのことを全員で改めて確信するために、宴会が必要なのだ。

その気持ちは俺にも分かる。

だから結局はありがたくお相伴に与（あずか）ることにした。

宴会で出てきた料理は、まだほとんど生活出来るような場所が復興していない村にあって、意外なほどに美味（おい）しいものがたくさん出てきた。

そのことに驚いていると、リブルが言った。

「こんな僻地（へきち）ですからね。不便なのは慣れているんです。料理も手の込んだものではなく、狩人（かりゅうど）料理ですが……素材がいいですから」

「なるほど、今日狩ったばかりってことだな。美味しいわけだ。しかし大丈夫なのか、こんなに色々出して。備蓄に回しておいた方がいいような気がするけどな」

「確かにそうなんですけど……今日くらいはいいでしょう。記念すべき、村が私達の手に完全に戻った日なんですから。永遠にここには戻れないと思っていたときと比べれば、明日からの生活なんてなんとでもなります。そう思えるのも、全部レントさんのお陰ですよ……本当になんとお礼を言ったら良いのか」

「だからお礼はもういいんだって」

すでに村長以下村人達全員に何度となく言われている。

これ以上はもらいすぎというものだろう。

大体報酬通りの仕事をしただけだからな。

多少はサービスも入っているが。

「ところで、レントさんは明日帰られるんですよね？」

リブルが話を変えてそう尋ねてきたので俺は頷く。

「ああ、そのつもりだ。予定より少し時間はかかってしまったが、後顧の憂いを絶つことが出来た。もう俺がここにいても出来ることはない」

「そうですか？　色々な技能をお持ちなので、出来ることはたくさんあるように思いますよ。大工仕事一つとっても中々様になっていらっしゃいますし」

冒険者になるために身につけた色々な技能は、確かにこういうときも役に立つ。

出来れば手伝っても良いのだが、今回は時間がそれほどない。

「まぁ、次にこの辺りに来たときにまだ人手がいるようなら手伝いにでも来るさ。ただ、これからしばらく忙しいもんだからな。早めにマルトに戻りたいんだよ」

「そうなんですか？　何か次の依頼でも？」

「いや、今度、銀級昇格試験を受ける予定でな。まだ少し先なんだが、基礎を見直す時間をとっておきたくてな……。今回、骨騎士（スケルトン・ナイト）と戦ったが、思いのほか強く感じたし、修行不足を痛感したんだよ」

「私の目から見れば、危なげなく勝利されていたように感じられましたが……」

「そうでもないぞ。ギリギリだった……とまでは言わないが、技量が高いと感じたのは確かだ。あんまり骨騎士（スケルトン・ナイト）とは戦ったことがないからなんとも言えない部分はあるが、あれくらいが平均的な強さだとすると、このままじゃ銀級昇格試験も厳しそうだからな……。骨騎士（スケルトン・ナイト）は、銅級上位から銀級中位程度の実力があれば倒せる魔物だと言われている。それなのに少し怪しかったというのは……不安でな」

まぁ、今回の奴（やつ）が上限いっぱい……つまりは、銀級中位程度の力を持った骨騎士（スケルトン・ナイト）だったという可能性もある。

それにイレギュラーな個体であればもっと強いということもないとは言えない。

しかし、俺はずっと銅級としてやってきたから、骨騎士（スケルトン・ナイト）くらいまでくると戦った経験が不足している。

だからその辺りのことをはっきりと断定することが難しい。

そしてもしもあれが銅級上位程度から銀級下位程度の実力だったとしたら、今度試験を受けても俺は落ちることだろう。

銀級昇格試験の内容については受けたことがないので分からないが、それでも単純な腕っ節が求められないということはまずありえない。

冒険者であれば、とりあえずそれが第一に必要なものだからだ。

加えて筆記や、銅級昇格試験の時のような嫌らしい試験内容に対応することも要求されてくるとなれば、骨騎士(スケルトン・ナイト)くらいに苦戦しているようでは話にならない。

だからこそ、俺は試験までに色々と見直す必要があると考えていた。

そのうちの一つが基礎だ。

ここのところ、色々な敵と戦う経験に恵まれているが、その反面、基礎をみっちりとさらう時間を中々取ることが出来ていなかったように思う。

身についた力も特殊なものばかりで、使いこなす、というよりかはなんとか使いどころを見つけることに注力してきた。

それはそれで悪いことではなかっただろうが、今概(おおむ)ね自分に出来ることの全体像を摑(つか)めてきた中で、いずれについても使いこなせるようになるための訓練が必要だろうと思った。

たとえば、クロープに作ってもらった剣。

使い方は今回の試し切りで分かった。

しかし適切なタイミングや使いどころ、どれだけの消耗があるか、そういったところを可能な限り精密に把握することが必要だ。

それが出来たら、身につけた剣術のどこに組み込めるか、試行錯誤の上に、よく反復しておく必要もあるだろう。

いざというときにすんなりと使うことが出来るようになるために。

そういったことをすることが、銀級試験までの過ごし方になってくる。

そしてそのためには、出来るだけ早くマルトに戻っておきたいのだ。

そんな話をリブルにすると、彼は納得したように頷き、

「……寂しくなりますが、それなら仕方がないですね。私達も村の復興に向けて全力で頑張ります。レントさんも、銀級昇格試験、頑張ってください！　応援してますから」

「それはこっちの台詞（せりふ）でもある。銀級になれたらきっとまた来るから、そのときは何かごちそうでもしてくれよ」

「はい！」

そうして、俺の今回の依頼は終了した。

第二章　報告と鍛冶師の依頼

「……依頼の報告なんだが、今、いいか？」

マルトに戻り、冒険者組合（ギルド）受付に向かうとシェイラがそこにいた。

「はい、大丈夫ですよ。レントさんが今回受けられたのは……あぁ、こないだのクラスク村からのものですね。こうして来られたということは、問題なく？」

「……いや、どうだろうな」

依頼をしっかり終えたのかどうか、という点については確かに問題なかったと言える。

しかしながら、今回の依頼は比較的特殊な経緯を辿（たど）った。

そのことについては説明しておくべきだろう。

「何かありましたか？」

それなりに経験のある冒険者組合（ギルド）職員として俺の言い方に違和感を覚えたらしいシェイラがさりげなくそう聞いてくる。

「あぁ……クラスク村からの依頼は、村に出現した骨人（スケルトン）五体程度の討伐だった。それについては比較的すんなり終わったんだが……」

「それ以外にも何かが？」

「そうなんだ。村には確かに五体の骨人(スケルトン)がうろついていたんだが、それ以外にも出現してな。調べてみると、ただ野良の骨人(スケルトン)がうろついていたのではなく、骨人(スケルトン)がクラスク村周辺で発生していることが分かったんだ」

「そうなりますと……多くの冒険者の方はそこで依頼を中断されますが、レントさんは……？」

シェイラは多く、というが大体半分より少し多いくらいだろうな。

それも、流石(さすが)に骨人(スケルトン)五匹以上がいれば倒せるかどうかは微妙だ、という実力の銅級冒険者パーティーならば、ということだ。

骨人(スケルトン)の発生源がある、くらいであればなんとか出来る実力のある、銅級でも上位の実力を持つ者やパーティーであれば、これくらいで依頼中断はしない。

油断や過信ではなく、そういう発生源があるのであれば、出来るだけ早く片付けなければ危険だからだ。

数ヶ月放っておいて、いつのまにか数百体の骨人(スケルトン)の群れが出来ていた、なんてことになったら目も当てられない。もちろん、流石にそこまでになるということは滅多にないが、確率としてありえないというわけではないのだ。

だから、もう半分の冒険者は中断せずにそのまま依頼に取り組む。

報酬や条件の再交渉はありうるけどな。

俺はシェイラに答える。

「あぁ、そのまま依頼を続けた。それで、案の定、骨人(スケルトン)の発生源も見つけたんだが……そこも聖水で浄化しておいたよ。だから、もう骨人(スケルトン)が発生することはないだろう」

「そういうことでしたか。そうなると、依頼料の上乗せについては……」

「村長の方からそういう相談もあったんだがな。今回のことで村がかなり破壊されていたんだ。だからそのことを考慮して、それは断った。ただ、食料や宿泊費についてはただで面倒を見てもらったし、珍しい食材や植物の提供を受けた。まぁ……悪くはなかっただろう」

「そうでしたか……それだけの状況にあって、初めから上乗せなどするつもりもなく、他に何の手当もないようでしたら冒険者組合(ギルド)としても考えなければならないところでしょうが、レントさんがそうおっしゃるのでしたら、問題ないでしょうね。ちなみに、珍しい植物とはどんなものですか？」

それはリブルがふと食事しているときに言及したもので、まさかあの辺りにあるとは全く思っていなかったもの……ルテット草というもので、極めて珍しい植物だ。

小型の機械の動力機構に組み込まれる重要な植物で、王都の方に流せばかなりの額で売れる。

正直なところを言えば、しかるべきルートで売却すれば今回の依頼料よりも高値になる。

だからそれをある程度提供された、という時点で相当の黒字だった。

だからこそ、俺はシェイラに色々ぼかした言い方をしたのだが、その瞳は明確にこう、主張していた。

貴方(あなた)が珍しい植物、と言うのであれば本当に極めて珍しい物なのは分かっているのでその情報を吐いてください、と。

シェイラもこれで俺との付き合いが長いから、俺がどういう人間かよく分かっているわけだな……。

まぁ、別に極端に隠匿するつもりもない情報だ。

リブル達(たち)にもルテット草がそういう価値を持つ品であり、しっかりと管理すればかなりの利益を生める品であることは説明しておいた。

それでいて今回の報告でぼかしたのは、生産管理についてリブル達クラスク村の人々にある程度見通しがつくまでは隠しておいた方がいいかな、と思ったからだったのだが……。

まぁ、こうなったら隠し通すよりも協力を求めた方がいいだろう。

俺はシェイラに言う。

「あの村にはルテット草の群生地がいくつかあるんだ。それを数束もらった。だから問題ないんだ」

「ルテット草……!?　また随分と大変な情報を持ってきましたね……。あれは人工栽培が大変難しいので、本来の生息地での栽培以外には大量生産が出来ないものですよ……レントさんに教わったことですが」

「俺も驚いたけどな。やっぱりこの辺は辺境だから、そういうのがふと見つかったりするから楽しい。ルテット草の価値については俺が村人達に説明しておいたし、知られている栽培管理の方法も伝えておいたから、そのうちマルトにも持ち込まれると思う。クラスク村には定期的に回ってる行商人もいるとのことだから、そこからマルトに来るんじゃないかと思うが……」

　リブルの話によれば、定期的に来る行商人はクラスク村の特産品の数々を仕入れてマルトで売却しているということだったから、素直にそのルートに乗ることになるだろう。

　といっても、極端に買いたたかれないようにルテット草の大まかな卸価格については村長に説明してある。

　あの村はこれからそれなりに潤うだろう。

　しかし、俺の言葉にシェイラが首を傾(かし)げ、

「……クラスク村に行商人が……？　おかしいですね。確かに十年前までは定期的に行商人が行き来していた記録はありますが……見る限り、ここのところは偶然あの辺りに行った商人以外には特にそのような人はいないようですが……。あとで商業組合にも確認しておきますが……」

　そう言った。

「ん？　だが確かに来ていたと……特段何かを買いたたかれたり不当な取引をしているという感じでもなかったぞ」

「そうですか。となると、単純な記録ミスかもしれませんね？　でも、行商人の方についてはよく調べておきましょう。それと……骨人(スケルトン)の発生源の話ですが、具体的には……？」

「あぁ、それについてなんだが……骨騎士(スケルトン・ナイト)が現れたんだ」

俺がそう言うと、シェイラは目を見開く。

「えぇっ！　大丈夫だったんですか!?　いえ、こうしてここにいるということは大丈夫だったのでしょうけど……」

最初に大げさに驚いたが、状況を把握してからシェイラは冷静にそう呟(つぶや)き、俺の顔を見て先を促す。

「まぁ、その通りだ。昔の俺がソロで挑んでそんなものが出たらそれこそ一瞬でやられていたんだろうが、今はな……昔に比べたら俺も大分強くなれたらしい。普通に倒すことが出来たよ」

「本当ですか……？」

それこそ昔の俺の実力をよく知っているシェイラが疑わしげにそう尋ねたので、俺は魔法の袋から今回の戦利品を取り出して言う。

「ほら、骨騎士(スケルトン・ナイト)の魔石だ。若干、普通のものよりも大きい気がするが……」

俺が取り出して受付台の上に置いた魔石。

大きく赤く、低位の魔物のものと比べると質が違うことがよく分かる。

「確かに……少し大きめですね。もちろん、魔物の魔石は個体によってまちまちですけど……それにしても見たことがないくらい大きいような。私の経験が足りないだけかもしれないですけど」

「シェイラから見てもそうなのか？　俺は標準的なものをいくつか見たくらいだから、こんなものかなと思っていたよ。しかしそうなると……やっぱりあれは少し強い方だったと考えた方がいいのかもな」

　少なくとも、骨騎士（スケルトン・ナイト）として最も低位のものだ、という考えは捨ててもいいかもしれない。

その程度の相手にあそこまで苦戦したとすれば、本当に銀級試験は危うい。

今回は見送るべきだということにもなりかねないのだ。

　これにシェイラは、

「そう、ですね……標準的なものよりは確実に大きいので、少なくとも銀級下位程度はあったと考えていいと思います。もちろん、私は専門の鑑定員ではないので確実ではないのですけど」

「いや、それだけ分かれば十分だよ。ちょっと、自信がなくなりかけていたからな」

「そうなんですか？　またどうして」

「かなり強かったんだ、その骨騎士（スケルトン・ナイト）。全力を出し切ってやっと……とまでは言わないけど、油断していたら勝てなかったと思う。村人に案内役になってもらっていたから、緊張感を保って相対出来たから無傷でいけたけど、いつものような気楽さでいっていたらと思うと、少し怖いくらいだ」

「レントさんがそこまで思う骨騎士（スケルトン・ナイト）ですか……。ヤーランでは理由は分かりませんが、比較的他の国よりも不死者（アンデッド）系統は突出した個体が出現しにくいはずなのですけどね……。何かの異変か、他に理由があるのか……よくよく調べておかなければなりませんね。ちょうどルテット草のこともありますし、この際ですからその辺りに専門家達で調査団を組んで行っても良いかもしれません。いい情報をありがとうございます、レントさん」

「いやいや。そうしてくれると俺も後々の心配をしなくて済んで助かるよ」

しっかり骨人（スケルトン）の発生源を散らしたとはいえ、はっきりとは言えないが違和感のある部分が多かった今回の依頼だ。

一応、完了したと戻っては来たが、これから先何も起きない自信はそこまで強くはなく、だからこそしっかりした調査は入れてほしかった。

そんな俺の考えを察したらしく、シェイラが目を光らせて、

「……ルテット草のことをすんなり話したのはそういうことが理由でしたか？　やっぱり油断ならない人ですね……」

と言ってくる。

「そんなに大層なことでもないさ。誰も損しないだろう？」

「まぁ、そうなんですけどね。うまく動かされた感じがしちゃいますよ」

「まさか、そんなこと俺には出来ないさ」

「レントさんが言うとちょっと怪しいですが……ま、今回は確かに誰も損がないので良しとしましょう。報告はこれで終了ということで大丈夫ですか？」

「ああ。報酬もしっかり受け取ったしな。じゃ、シェイラ、またな」

「ええ、レントさん。また……あっと、忘れるところでした」

冒険者組合(ギルド)を後にしようとした直前、シェイラが慌ててそう言った。

何か用事があったらしい。

振り返って、

「まだ何かあるのか？」

と尋ねると、シェイラは言う。

「いえ、冒険者組合(ギルド)からではないのですが、クロープさんから伝言を預かってまして」

「クロープ？　鍛冶師のか？」

「ええ、レントさんが今回の依頼に出られた直後で、ちょうど入れ違いになってしまったのですけど」

「それはクロープに悪いことをしたな。で、何だって？」

「マルトに戻ってきたならクロープさんのところに顔を出してほしいそうです。何でも冒険者組合(ギルド)を通しての依頼があるということで……」

「だからシェイラが伝言を預かってたと……しかし何だろうな？　直接俺に言っても良いのに」

冒険者組合(ギルド)を通して依頼を受けることが大半の冒険者だが、直接に冒険者に依頼をしたとしてもそれを取り締まる法は存在しない。

倫理的にも何ら責められることはない。

だから普通に行われているし、クロープも普段、何か素材を取ってきてほしい、くらいの依頼であれば俺に直接依頼をする。

直接依頼をするメリットは依頼主の側から見れば依頼料の低減であり、受注者の側から見ると、反対に報酬の増加であろう。

クロープが頻繁に俺に依頼をしてくれていたのは、俺が稼げなかったから少しでも報酬を多くもらえるようにという人情だった。

ただ、今はもう、そんな必要はない。

そして、冒険者組合（ギルド）を通さなければ冒険者組合（ギルド）でのランク上昇のためのポイント稼ぎには当然ならない。

昔の小さな依頼程度では何度受けてもポイントにならないし、俺がそもそも銀級を受けられる程度のポイントをためられるかどうか、ということもあってクロープは直接に依頼する方が俺のためになると考えてそうしていたのもあったのだ。

しかし今は……もう銀級試験を受けられる資格を得た。

報酬という面でも、冒険者組合（ギルド）の手数料などの中抜きがあっても十分にやっていけるようになっている。

銀級になった後にカウントされるポイント稼ぎという意味でも、冒険者組合（ギルド）を通して依頼をした方がいい。

クロープはそう考えて依頼をしようとしている、ということだろう。

けれどそれでも若干の違和感を覚える……。

なんでだろうな？

ただの勘だが、そういうのは馬鹿には出来ない。

ともあれ、俺はシェイラに言う。

「分かった。そういうことなら後で訪ねることにするよ。じゃあ、今度こそ、またな、シェイラ」

「はい」

そうして、俺は冒険者組合（ギルド）を出た。

「……ただいま、っと……」
「ん？　レントか。戻ったか」
ロレーヌの家の扉を独り言染みた一応の言葉と共に開くと、たまたま玄関近くを歩いていたロレーヌが気づいてそう言った。
「あぁ、いたか。ちょうどいい。ほら、お土産だ」

「土産だと？　またぞろ特殊な田舎料理だったりしないだろうな？　まぁ、ここのところそれほど抵抗はなくなっているが……」

「いや、そうじゃないぞ」

俺が魔法の袋からクラスク村近く、骨人（スケルトン）の発生源で手に入れた杯を手渡すと、ロレーヌは首を傾げる。

「これは……杯か？　プレゼントにくれるにしてはボロいぞ」

「流石に俺だってそこまで見るからに汚れたものをプレゼントに持って来たりはしないからな……」

俺が肩を落としてそう言うと、ロレーヌも笑って、

「分かっている。冗談だ。だが……なぜこれが土産なのかは分からん」

「それについては今から話そう。長くなるかもしれないから座っての方が良いな」

「そうか。じゃあ荷物を置いてくるといい。茶を入れておこう」

「……ほう、結構大変だったのだな。元は数匹の骨人（スケルトン）退治の依頼だったのに」
ロレーヌが紅茶をすすりながらそう言った。

俺が今回の依頼の大まかな概要と、杯を手に入れた経緯を聞いた上での言葉だ。

「俺も予想外だったよ。まぁ、骨人（スケルトン）がどこかの発生源から湧いてる、くらいの予想はしていたけど、骨騎士（スケルトン・ナイト）まで出てくるとは思わなかった」

「確かに珍しいな。数十匹の群れが出来あがっているくらいの規模になっていたらあることだろうが、そこまでではないようだし……」

これは、魔物の群れというのは規模が大きくなればなるほど、強大な魔物が生まれやすくなるという性質のことを言っている。

たとえばゴブリンなんかは数が多くなればそれを統率する個体である将軍（ジェネラル）や王（キング）と呼ばれる個体が出現したりすることがあるし、どんな魔物でも多かれ少なかれそういう傾向がある。

魔王、というのはその究極であると言われており、したがって配下の数はとてつもなく多く、一国を滅ぼすような存在であると言われるのは魔王の個体そのものの強さのみならず、その持つ軍勢の強大さにも基づいている。

ただ、実際に魔王がどのように生まれるかを目撃した者はいない……。

いや、実際にはどこかにいるのかもしれないが、少なくとも文献などに残ってはいないな。

ともあれ、魔物とはそういうものであるので、強い個体がいる場所にはそれなりの魔物の集団があるというのが必然だ。

けれど、今回はそのような状況ではなく、だからこそ珍しい、というわけだ。

ただ、絶対ありえないというわけでもない。

「発生場所が洞窟の奥の方だったからな。邪気が溜まりやすかった、ということかもしれない。実際、かなりの邪気が感じられたし……」

「地形的にそういうところだったというのはありうるだろうな。迷宮の深層に強力な魔物が出現する理由の一つだとも言われていることだ」

もちろん、それだけが理由だとは、いわゆる魔物同士が争い強くなっていく《存在進化》も関わっているので一概には言えない。

魔物のことははっきりとは分かっていないことだらけだ。

今日の常識は明日の非常識だという感覚が最も強い分野である。

それだからこそ研究するのが楽しくてロレーヌみたいなのを惹きつけてやまないのだろうが。

「何にせよ、邪気は散らしておいたからしばらくは問題ないはずだ。何かありそうなら冒険者組合が調査団を組んでくれるらしいから、分かることもあるかもしれないな」

「ほう、なら後で情報をくれるように頼んでみるか……。それで、この杯はそんな場所に埋まっていたということだが……もしかして、お前、これが何か今回のことに関係していると思って持ってきたのか？」

ロレーヌが期待に満ちた目で俺を見てきた。

しかし、俺は首を横に振って答える。

「別にそういうわけじゃない。ただ、何か色々と違和感が多かったからな。調べられることは調べておいた方がいいというのは勿論あるが……その程度だな。それに、ああいう場所にあったからには何かのお宝かもしれないじゃないか。いい値段で売れたら良いなと」

「……なんだ。普通の鑑定仕事というわけか。確かにぱっと見ではそこまで怪しいものは感じないな。呪物の類いというわけでもなさそうだ」

「やっぱりただの古いだけの杯か？」

「いや、それはまだ分からん……というか、少なくともただの杯ではないぞ。最低限、魔力を通すことは分かる。そこまでおかしな構成でもない……ように見えるが、細かく調べてみたくなる程度には変わっているところも見受けられる。あまり見たことがない作りだな」

「それで怪しくないのか？」

「こういう魔道具の類いはな……お前も知っているだろうが迷宮産のものだと見たことがない構成のものなどありふれている。多くが無意味な欠陥品だったりすることもざらだ。だからこれもそういうもの……という可能性が高い。だが、調べがいはありそうだ。そういう無意味な作りの中にも他の魔道具を作るときに参考になりそうなところがあったりすることも少なくないのでな」

　つまり、ロレーヌの趣味を満足させられる程度には面白そうな品だということかな。

「土産にはなったか？」

「あぁ、十分だ。しばらく暇が潰せそうだな……」

「なら良かった。持ってきた甲斐があったよ」

「こういう土産はありがたい。ところで、今日はもう休暇か？」

ロレーヌが杯をテーブルに置いた後、話を変えてそう尋ねてきたので俺は答える。

「いや、クロープのところを訪ねる予定だよ」

「ん？　この間、その剣を受け取りに行ったばかりではないか。まさか壊したのか？」

「流石にこんな短期間で壊したらクロープが泣くだろ……そうじゃなくて、呼び出されたんだよ。何の用かは知らないが、依頼があるらしい」

「ほう、依頼から戻ってきてそうそう、指名依頼とは景気が良いな」

「必ずしもそうとは言えないぞ。ゴブリンの腰布を集めてこいとか言われるかもしれない」

「流石にそれはないんじゃないか……？」

眉を顰めるロレーヌだが、あり得ないとは言えない。

ロレーヌもあれだが、クロープもあれで結構な変わり者である。

「前に似たようなことを頼まれたことがあるからなんとも言えないな……ともかく、行ってみることにするよ」

「あぁ、分かった。戻ってくるまでには私もこいつを調べ終えておこう」

杯のことだ。

「そんなに早く出来るのか？」

「……出来てなかったら、夕食はレント、お前が作ってくれ」

「そういうことか。分かったよ。帰りに材料を買ってくることにしよう」

鍛冶屋《三叉(さんさ)の銛(もり)》には今日も熱気が満ちている。

「……クロープ。クロープ、いるかー!?」

いつものようにルカに店に通された後、その奥の作業場に向かって声をかけると、

「おう、ちょっと待て！」

と、初めて聞いた人間には怒声にしか聞こえない音量の返事があった。

特に機嫌が悪いわけではなく、槌(つち)を叩(たた)き続ける中ではそれくらいでなければ聞こえないからだ。

しかし、珍しいことだ。

クロープと言えば一度鍛冶に打ち込み始めたらまず人の話など聞かなくなる男なのだが、今日はしっかりと返答してくれた。

その理由は、彼が鍛冶が一段落して顔を出した後に分かった。

「……おう、レント。早速来てくれたか。悪いな、依頼が終わったばかりだろうに呼び出したりして」

「いや、それは別に構わないが……それは今打ち終わった剣か？」

クロープは手に剣を持っている。

もちろん、本当に打ち終わったばかりではなく、冷やされて刃もつけられたものだ。

返事をされてからもそれなりに待たされたからな。

鍛冶に対する情熱はいつもと変わっていないようだとそれで分かるが、しかしクロープの表情は優れない。

クロープは言う。

「あぁ……まぁ、見てみろ」

剣を差し出されたので受け取って見てみる。

「……数打ちか？　言っちゃ悪いが、クロープにしては少し質が悪いな」

平均的な素材で標準的な威力と耐久性を出すことを目的とした剣だというのは見れば分かるが、それにしても出来が優れない。

それでも他の鍛冶師が作るものよりは余程良いものだが、いつものクロープなら数打ちと言ってもこれよりも二段は上のものを作るのだ。

それなのに、と不思議だった。

「やっぱりお前の目は誤魔化せねぇな……。そう、そいつはちょっといまいちなもんだ。売り物にはならねぇ……」

別にこれを売っても買い手は問題なくつく出来ではあるが、クロープが自分の店で出すにはプライドが許さないということだろう。

そしてそういうものが出来たのには理由があるようだ。

「鍛冶の最中でも俺の声が聞こえてたみたいだったし……鍛冶にあんまり打ち込めていないのか？」

「あぁ、どうもな……人間長く生きてると鍛冶の最中に色々雑念がこびりついてくるもんだ。そいつが邪魔をしてな」

「やっぱり何かあったか」

「あぁ……とりあえず、奥へ来てくれ。今回の依頼にも関わる話でな。少し長くなるかもしれねぇ」

奥に通され、クロープとテーブルにつく。
すると彼の妻であるルカがさりげなくお茶を持ってきてくれたが、一緒にテーブルにはつかずに、店頭へとそそくさと去って行った。
「……大分込み入った話みたいだな」
ルカの気の遣い方からもそれは察せられる。

クロープは苦笑して、

「あいつには気を遣わせ過ぎて申し訳ないぜ……。まぁ、俺の中では微妙な話なんだが、客観的には大した話でもねぇよ。まぁ聞いてくれ」

「あぁ」

「まず、依頼の話からだな。今度、俺は鉱山都市ウェルフィアに行かなきゃならなくなった。だからお前にそこまで護衛依頼を受けてほしいんだ。お前、あそこで銀級昇格試験を受けるんだろ？ついでにやってくれりゃ、ちょうど良いと思ってな」

「へぇ、クロープがウェルフィアに？ まぁ……鍛冶師だもんな。別におかしくはないか……依頼については試験に間に合う日程なら受けても構わないぞ。そうじゃないなら流石に無理だが」

鉱山都市、と名がついているだけあって、ウェルフィアは鍛冶師には縁深い都市だ。

武具の材料となる鉱石類の多くが産出している上、そういう立地であるから鍛冶師自体が多い。

数多くの鍛冶屋が軒を連ね、ヤーラン王国において最も質の良い武具を手に入れたいのであればウェルフィアに行けと言われている。

だから、クロープがウェルフィアに行く、というのは自然な話だ。

たとえば素材を手に入れるためであるとか、知り合いの鍛冶師に会いに行くなんていう理由がすぐに思い浮かぶ。

それに、何か新しい技術を身につけに行く、ということもあり得るだろう。

「日程については銀級試験が始まる前にウェルフィアに着けりゃ、それでいい。当然、お前もそれまでに行くだろう？　だから問題はないぜ」

「そういうことなら……しかし、何しに行くんだ？」

「今度、ウェルフィアで鍛冶大会が開かれるんでな。ちょっとそれに出場しなきゃならなくなったんだよ」

「あぁ……そういや、そんな時期か。しかし珍しいな。クロープが良い腕してるのは確かだし、出ればかなりのところまで行けるだろうが、そんなものに出てる暇があるなら鍛冶の腕を磨くって言ってほとんど興味がなかったじゃないか」

今まで一度たりとも出たことがない、というわけではないだろうが、少なくとも俺が知り合ってからクロープがそういうものに出たという話は聞いたことがないな。

クロープの腕なら出れば良いところまで行けるだろうし、そうなれば武具の製作依頼も多く舞い込んでくるはずだ。

鍛冶大会での入賞というのは鍛冶師にとって大きな宣伝になる。

だからこそ、出た方がいいと思うのだが、クロープはそういう宣伝で人を呼ぶよりも、武具自体の評判で人を惹きつけたいと考える、ある種昔気質（むかしかたぎ）の職人だ。

だからこそ、今更鍛冶大会、なんていうのは意外な話である。

「俺も今頃になって出ることになるとは思ってもみなかった……実は昔一度出たことがあるんだけ

どな」

「ウェルフィアの鍛冶大会にか？」

「そうだ。若い頃にな……。ルカに……二度目に会ったときにはもう、俺はウェルフィアを出て流れの鍛冶師をやっていたが、元々俺はウェルフィアの工房で鍛冶師としての基本を身につけたんだ。だから、あそこの鍛冶大会には馴染みがある。出場出来ないような腕の鍛冶師見習いをしてたときも毎年見に行ってたくらいだ……」

クロープの経歴については本人があまり語りたがらないのでウェルフィアにいたというのは初めて知ったが、なるほど、と思った。

ヤーランにはウェルフィア出身の鍛冶師が多い。

鍛冶の本場だ。

当然である。

しかしクロープはどこかそういう者達とは異なる空気感がある男なので少し意外だった。

まぁ、ウェルフィアを出て流れの鍛冶師をしていたという経歴がそうさせるのかもしれないが。

「それなのに今はマルトで鍛冶師、か。そのままウェルフィアにいたくはなかったのか？」

鍛冶を本気で極めようと思ったら、ヤーランではウェルフィアにいた方が環境的にはそちらの方がいいと考えられる。

だからこその質問だったが、これにクロープは首を横に振って答えた。

「……いられなかった。俺はあそこから逃げ出したんだよ。だから流れの鍛冶師になんてなったんだ……」

「……俺はよ、ガキの時分にウェルフィアで鍛冶師になろうって決めたんだ。なんでだか分かるか？」

クロープの言葉に俺が首を傾げると、彼は言う。

「逃げ出した……？」

何になるか、夢を定める理由。

それは人それぞれで容易には分からない。

俺についても一緒だ。

俺が神銀級を目指していると言えば、多くの人間は言う。

なぜ、と。

冒険者になれば上を目指すのは当然で、だからこそその気持ちくらいは誰もが理解してくれるが、しかし神銀級ともなれば誰もが無理だと思うような目標だ。

口に出しても大半が本気ではない。

だから、俺がそうではなく、紛れもなく真剣な目標として掲げていることを知ると皆、不思議がるのだ。

普通は、そんなものを本気で目指したりはしないから。

俺も子供の頃の経験がなければ……別の道を歩いていたかもしれない。

クロープにもそういう何かがあったのかもしれず、そしてそれは俺には分からない。

だから首を横に振って言った。

「いや……。そういえば聞いたことがなかったな。俺が初めてあんたに会った頃から、あんたは鍛冶が好きで、鍛冶に全てを懸けてて……だからあんたが鍛冶師であることは俺にとって自然だった。何か理由を他に求めずとも、当たり前に感じていた。だからだろうな……」

すると、クロープは少し口元を歪めて言う。

「俺が鍛冶師であることは、当たり前で、自然、か……。嬉しいこと言ってくれるじゃねぇか。確かに間違っちゃいねぇ。今はな……。だが、昔は違った」

「好きじゃなかったのか、鍛冶」

「そういう訳じゃねぇんだが……元々はただの仕事のつもりで修行を始めたんだ。本当に何も出来ない小さな頃ならともかく、誰だって働けるようになったら何か職業について、自分の食い扶持は自分で稼いでいかなきゃならねぇだろ。それが俺にとっては鍛冶師だった。それだけだ」

「それは意外だな……何か生まれたときから槌と金床を持っていたもんかと思っていたよ」

勿論冗談である。

クロープは笑って、

「いくら俺でもそりゃ有り得ねぇよ。物語じゃねぇんだからな」

そう言うが、絶対に有り得ないとも言い切れないのが世界の広いところだ。

世の中には比喩でなく実際に何かを持って生まれる赤ん坊というのが存在する。

たとえば指輪とか、玉とかをだ。

何故そんなことが起こるのか、その理由はもちろんよく分かっていないが、しかしそういう人物はいずれ成長した暁には、何か大業をやり遂げるものだ。

物語じゃない、とはそういう人物達が描かれた物語が結構あるから、そのことを指して言っているわけだな。

「まぁ、そうか……。でも、そんな理由で始めたにしては今のあんたは鍛冶に情熱を持ちすぎじゃないか？　マルトにだってただの仕事だって割り切って鍛冶仕事をしてる鍛冶師は何人もいるが、あんたはそうじゃないだろ」

別にそういう鍛冶師が悪いとは思っていない。

むしろそれこそが普通だからだ。

誰もが自分の作品一つ一つにあらん限りの情熱を注いで鍛冶仕事を行えるわけではない。

その辺りの奥様がアバウトな煮込み料理を作るために購入するような鍋一つを、自らの心血を注いでこの世に二つとない逸品に仕上げられても困るだろう。

王宮勤めの料理人ならばそういうものも必要かもしれないが、普段使いにはとても出来ない。

適当な仕事を適当な手の抜き具合でやって大量生産する職人というのはむしろ必要だ。

だが、クロープにはそういうことが出来ない。

自分の作った武具は全て、彼にとっての子供だ。

それこそそのどれもに命を懸け、心血を注ぎ、そのとき作れる最上のものに仕上げる。

それこそ店に並ぶ小さな短剣にしても、手の抜かれた仕事は一つもない。

値段の上下は素材とかかった手間、それにそれだけやっても手仕事である以上どうしても出てしまう質の違いだけによって決まるわけだ。

俺の言葉にクロープは言う。

「確かに初めは食い扶持を稼ぐため、なんて理由だったが実際にやってみると思った以上に面白くてな。俺はどんどんのめり込んでいったのよ……。多分、合ってたんだろうな。鍛冶師って仕事が、俺には」

「それは間違いないだろうな」

「へっ。お前もそう思うか。だが……」

「だが？」

「今はともかく、俺にはこの仕事は向いてねぇ、そんなことを思った時期があった」

まぁ、どんな仕事をやっていても、そういうことはふと、頭に思い浮かぶものだろう。

俺だって、冒険者をやっていてそんな風に思ったことはある。

一度や二度じゃない。

でも、そのたびに自分を奮い立たせてそんな考えは振り払ってきた。

クロープもそうだったのだろうか？

気になって尋ねる。

「クロープは……そういうときはどんな風に乗り越えてきたんだ？」

気軽な質問だったのだが、それに返ってきた答えは重いものだった。

「乗り越えられなかった。だから俺はウェルフィアを出た」

「……だが、あんたは今もこうして鍛冶師をしているじゃないか」

「そうだ。それはな……結局ウェルフィアを出たことが良かったのさ」

「それはどういう……」

俺がよく分からずに首を傾げると、クロープは突然話を変える。

「……世の中にはよ、どんな分野にも天才って奴がいるだろう？」

なぜそんな話をするのかと一瞬思ったが、なんとなく、話の流れが見えた気がしたので俺は頷いて答える。

「そうだな……どこにでもいる。冒険者にも……というか、冒険者こそ、そういう天才ばっかりだ。

こないだ鉄級で入ったと思ったら、いつの間にか俺のことを追い越して上に上がっていく奴もざらだったしな……」

俺は才能に恵まれなかった方で、そういう奴がどうなるのかは、それこそどんな分野でも同じだ。つい最近まで色々教えてやる方だったのに、気づけば置いていかれて……それどころか、気づけば遥か遠くの方にまで引き離されている。

この十年、そんなことばかりだった。

「そう、それだ。俺は……いや、俺も、少し調子に乗っていた時期があってな。そういう……才能ある人間かもしれない、と思っていたことがあった。同じ時期に修行に入った奴らよりも早く、知識と技術を身につけて、他人を引き離すように先に進んで……いつか誰も追いつけないところまで行けそうだと、そんなことを思っていた頃が」

「他よりも抜きん出てたのに、鍛冶師が向いてないって思うようになったのか？」
俺が尋ねると、クロープは頷く。
「あぁ……正確に言うとな、当時俺が修行していた工房で抜きん出ていたのは俺の他にも、もう一人いた。ハザラ・フェーブロって奴でな。俺と同じ時期に工房に入って……切磋琢磨してた」

「へぇ……ってことは、ライバルか？」

何事もそういう人間は必要だ。

というか、そういう者が近くにいると上達は早まる。

相手に負けたくないと思って、努力を重ねるようになるからだ。

「そうだな。ライバルだったし……親友でもあった。新しい技術をどちらが先に身につけるか競争したこともあったし、お互いの不得意なところを指摘し合ったり、面白そうな工夫を試しあったりな……あの頃は本当に楽しかった。毎日が進歩でよ」

出来ることがどんどん増えていく時期というのはどんなものでも楽しい。

俺も剣術や魔術を学び始めた頃は楽しかった。

一種の全能感みたいなものを感じるものだからな。

もちろん、俺の場合はすぐに才能が頭打ちになってしまったのでそんな時間は短かったが。

クロープの場合は大分長かったのだろう。

しかし、そんな風だったのにどうして……。

「そんな相手がいたなら尚のこと、クロープにウェルフィアを出る理由なんてなかったんじゃないか」

「そのときはな。だが……ある日、俺とハザラは工房の親方に呼び出された。二人とも、もう少しで鍛冶師として独り立ち出来る。それくらいの腕になっていた頃でな……二人で期待したよ。いっぱしの鍛冶師として、親方に認められるんじゃないかとな」

　そのときのことを思い出してか、クロープの目は輝く。

　当時の気持ちを思いだして、胸の高鳴りを感じているのだろう。

　けれど、すぐにその色は瞳から消え、代わりに暗い色が宿る。

　その様子に俺も察して言う。

「でも、違った……ということか」

「期待とは少しな。俺とハザラは親方に言われた。『今度ウェルフィアで鍛冶大会が開かれる。二人ともそれに出場しろ。勝った方にいずれ、この工房を任せたい』とな」

「それは……」

「驚いたぜ。まだ親方は引退するような年じゃなかったからな。もちろん、いずれ、と言っているからにはまだ大分先の話を言っているのは予想がついたが……それでもここで俺とハザラの才能を見極めて、今のうちにどちらに相応しいか決めておきたいと、そういう話だった。他にも兄弟子達がたくさんいたから、俺もハザラも、分不相応だと断ったんだが……その兄弟子達も皆納得済みだとまで言われてしまってな。『お前達の才能は抜きん出ている。他のどの弟子達よりも。もちろん、この俺よりもだ』と……。そうまで言われたら、断りにくいだろう。それに……」

「それに？」

「俺もハザラも、工房の親方がどうとかいう前に、鍛冶大会に出場出来るという事実の方に心が躍ってな」

「……細かい出場規定とかは知らないけど、あれってそんなに出場が難しいものなのか？」

流石に俺も鍛冶大会のそういうところについては知らない。

大まかに言って、鍛冶を始めて十年を超えない鍛冶師の部門と、それ以上の鍛冶師の部門とに分かれており、またそれぞれ作るものによっても部門が分かれているということくらいまでが一般知識だな。

クロープはそれについて説明してくれる。

「いや……そんなに難しくはねぇよ。お前が言うとおり、鍛冶歴で区別されるくらいで、申し込めば鍛冶師なら基本的に誰でも出場出来る。ただ、俺やハザラみたいに工房で修行しているとなると、親方の許可がないとそういうのには出場出来ねぇからな。当時、俺達は一度も許可されたことがなかった。俺達以外の同期はちょろちょろ許可されてる奴らもいたんだがな……」

「うーん……才能ある弟子がそういうのに出場して、驕るのを嫌ったとか、かな？　クロープとハザラが出場すれば、かなりいいところまで行けるのは分かっていても、そこで変に自信を持って成長に陰りが出たら問題だと思ったとか……」

「多分そういうことだったんだろうな。親方が出場を許してた奴の多くはそういう意味でしっかりしてる奴が多かった。技術はともかく、心が強いっていうか……負けても勝っても、結果を素直に受け入れた上で、今まで通りの努力を続けられるような奴が。だが俺はな……親方の目は正しかったよ」

「そこで何かあったのか？」

「ああ。そんなにややこしいことじゃねぇけどな。俺とハザラは鍛冶大会に出場した。そして……ハザラが勝ち、俺が負けた。それだけよ」

「それは……」

相当悔しかっただろうな、と思う。

同じだけの才能を持ち、同じように努力をしてきたはずのライバルに一歩及ばない。

俺にはそういう意味でのライバルがいたことはないが、それでも気持ちは想像出来る。

しかしクロープは意外なことを言う。

「……悔しくはなかった。むしろ、完敗だと思った。俺はこいつには及ばないんだと、そのとき悟らされたんだ」

「……なんでだ？　鍛冶の腕は……そこまで開いてなかったんだろう？」

「俺はそう思っていたがな。それこそ根本的な勘違いだったんだとそのとき理解したよ。鍛冶大会まで、俺とハザラはそれぞれ努力した。お互いの仕事場に踏み込まないようにし、何を作るか、どういうことをするかも言わないようにした。ライバルだからな。大会の場で決着をつけたいと……そう思ってな」

気持ちは分かる。

ある意味、恐ろしいことだが、同時に楽しくもありそうな、そんな時間だろう。

「それで……？」

「さっきも言ったが、完膚なきまでに決着がついたよ。俺の完全敗北という形で。ハザラは、魔剣を作った。鍛冶師になって十年も経っていないガキが……魔剣だぜ？　当然、ハザラの優勝で決まった。俺は……まぁ、一応準優勝だったが、作ったものは平凡な剣だった。もちろん、当時の俺の技術の全てを注ぎ込んだもんだったが……魔剣なんてものを作られた日にはな……俺は思ったよ。こいつは天才だったんだなって。俺は一緒に成長してきたつもりだったが、そうじゃなくて、俺が足を引っ張りながら、こいつの成長を阻害していたんだろうなって。だからこそ、お互いが自分一人だけで修行を始めた途端にここまで差がついたんだろうってな」

「……ある日突然、才能に目覚める奴というのは確かにいる。そのハザラもそうだったのかもしれない。だが、だからと言ってクロープがそこから先も追いつけないと決まったわけでもなかっただろうに……」
少なくとも、その鍛冶大会の時までは同じくらいの実力だったわけだ。
何のきっかけが作用したのかは分からないが、ハザラが一皮も二皮も剝けたことが事実だとして……。

　それでも、これから先、クロープにそういうきっかけが降ってこないというわけでもなかったはずだ。

　これにクロープは、

「今なら……それが分かる。もしかしたら死ぬまでそういうきっかけを摑める日が来ないのだとしても、それを信じて努力し続けることで、可能性が初めて生じるんだってな。諦めたらそこで終わりだ。鍛冶師を天職と定めてやると決めたんなら……そのまま、ずっと負け続けるのだとしても歩みを止めないことが大事だ」

「だったら……」

「だがそいつは今なら、の話だ。当時の俺には無理だった。負けて……もう落ち込んで捨て鉢になってたっていうのもある。鍛冶大会が終わって、鍛冶に身が入らなくなって……師匠や兄弟子、それこそハザラ達にも色々心配かけて……最後には、俺はウェルフィアから逃げ出したわけだ。もうこの街で鍛冶師なんて出来ねぇってな」

「それで、流れの鍛冶師に……？」

「そうさ……と言っても、最初の方は鍛冶すらやる気にならなかったから、色んな仕事をとっかえひっかえやったけどな。でも……俺はやっぱり根っからの鍛冶師だ。鍛冶が恋しくなって……気づけば鍛冶屋で働いてたよ。空いてる炉を使わせてもらって、鍋や包丁を修理する仕事を手伝ったりしながら、金が貯まったらまた次の街に流れて……なんて繰り返してたがな。どっかに居着くのは出来なかった。色々考えちまうからな……旅だけが全て忘れさせてくれた……」

ウェルフィアを出ようとも、容易には傷は癒えなかったというわけか。

「だけど、今、あんたはこの町でこうして鍛冶師をしている……」

「あぁ、そいつはルカのお陰だ」

「確か……ルカとは幼なじみだったって話だったな」

「あぁ。あいつは覚えてねぇけどな」

「覚えてない？」

「俺とルカが結婚することになったのは……俺が流れの鍛冶師をしている時に出会ったのがきっかけだって話は前にしたよな？」

「あぁ……聞いた気がするな」

「それは嘘じゃねぇ。あいつの家は裕福な商家でな。そこに卸す調理器具類を、そのとき居候してた鍛冶屋が請け負ってて、俺が手伝ったのをきっかけに顔見知りになった。で……まぁ、色々あって、あいつが半ば押しかけ女房みたいになってな……最後にはそれこそ押し切られて、結婚することに……」

「色々端折ったな。まぁ……確かにクロープは、それくらいしなければ結婚なんてしなそうだが……」

「おい、俺を朴念仁みたいに言うんじゃねぇよ」

「そうは言わないけど……鍛冶が一番で、女なんか興味ねぇ、とか言いそうだからな」

「……そいつは、否定出来ねぇが……当時はそれ以上に問題があったからな」

「問題？」

「そうだ。俺は結局流れの鍛冶師に過ぎなかった。そんな奴のところに商家の娘が嫁になんて来るはずもねぇし、こっちだって流石にそんなの無理だ、責任が持てねぇってことになるだろうが」

言われてみれば……確かにそうか。

そんな配慮などしなそうなクロープであるが、それでもそういうことはちゃんと考える常識を持っていたらしい。

「でも最後には結婚してるわけだろ？」

「まぁ、そうなんだが……断り切れなくてよ」

「押しに弱いのか？」

「そんなんじゃねぇ……つもりだが、ルカに言われるとな。昔から駄目だ……それこそ小さい頃の記憶があるからかもしれねぇな。今でこそ俺はこんなだが、昔は割と病弱でな……」

「意外な話だな」

どんな環境でも鍛冶をしてそうなほど屈強な男に見えるのに。

「まぁ、本当に小さい頃だ。そんな体だったからな……年の半分くらいは空気の綺麗(きれい)な高原で静養してたくらいだ」

「……実はいいところの出なのか？」

「まさか。何もお屋敷みたいなとこに行ってたわけじゃねぇ。診療所が教会と共同でやってた……病弱なガキを集めて静養させる療養所みたいなとこだ。金はそれなりにかかっただろうが、平民にもなんとか出来る程度よ」

確かにそういうところはある。

学校と孤児院と診療所を複合させた施設だな。

空気が綺麗で、魔力的にも安定し、魔物の出現も少ない、都会から離れた辺鄙な場所なんかにある。

修道院や教会が作られていることが多く、そういうところに併設されていることが多いから、必然的に滞在に高額な金はかからない。

代わりに宗教的生活を強いられたりはするが。

布教施設としての意味合いがあるわけだな。

クロープは続ける。

「……で、そこで療養してたときに知り合ったのが、ルカだ。といっても、あいつは特に体が悪かったわけじゃねぇけどな。夏場の避暑に別荘にやってきてただけで」

「いいとこの出はルカの方だったか……」

「そういうこった。ただ、あんなところにガキなんて普通はいねぇからな。療養所以外には。ルカも同じ年頃の子供と遊びたかったんだろうさ。だからよく療養所に来てたんだ。まぁ、親父さん達が寄付や祈りを捧げるために教会の方によく来てたから、それにくっついて来てたのが最初だったが、だんだん一人でも来るようになってな。そんでよくちょっかいかけられて……」

「病弱な子供にとっては大変だな」

「まぁ、そうはいっても俺は深刻な病気にかかっていたわけでもなかったからな。ただ少し体が弱いってだけで。街にいるとすぐに伏せっちまうくらいだったが、そこにいたときはむしろ元気だったよ。それをルカも理解して俺に狙いを定めてたんだろうさ。他の奴らはあんまり変に引っ張るとやばそうだが、俺なら問題なさそうだってさ」

「それは、嗅覚が優れていると言えば良いのか……」

「なんだか野性的な勘が強い奴なのは今も変わらねぇけどな。まぁ、そんなわけで、ルカにはかなり振り回された……良い思い出だな」

「でも、ルカはそれを覚えていない？」

「そうだ。もう一度再会したときに俺は気づいたが、そんな話をしてやぶ蛇になっても困ると思って言わなかったからな。だが、結局俺はこうして捕まっちまった訳だ……」

「俺としてはルカに感謝したいけどな」

俺がそう言うと、クロープは首を傾げる。

「なんでだ？」

「そうじゃなきゃ、クロープはマルトに鍛冶屋を構えたりはしなかったんだろう？　そうなると俺は大分困ったことになっていただろうからな……」

まぁ、人間だったときについては他の鍛冶屋の世話になる、でも良かっただろう。

俺の腕は大したものではなかった。

したがって必要とする武器だって標準的な性能のものがあればそれで問題なかった。

しかし今はどうか。

俺の特殊な体質に合う武器を試行錯誤して作ってもらう必要があるし、そもそもの問題として俺のこの状況を受け入れてなお、武器を作ってくれるという鍛冶師が他にいただろうかと思う。

そういう意味で、俺はルカに感謝しなければならない。

もちろん、クロープにもだ。

特に言葉にはしなかったその辺りの事情をクロープは察し、頷いた。

「……なるほどな。まぁ、そういう意味じゃ、俺もルカに感謝しなきゃならねぇだろう。マルトに居着かなきゃ、お前みたいな面白い奴とは知り合えなかったわけだからな」

「ま、そんな訳で、今日まで色々あったが、そうして俺はこのマルトで鍛冶屋をやってるってことだ。おっと、マルトで鍛冶屋をする理由を言ってなかったが……」

それから、クロープは話を続けた。

そう言って、お互い笑い合う。

「そういうことだ」

「お互い様ということか」

「そういやそうだな。何でだ？　もっと都会でも良かっただろうに」

というか、その方が色々と便利だろう。

クロープはこれに答える。

「確かにそうなんだがな……まぁ、とりあえず、結婚するにあたってどこかに腰を落ち着けなきゃと思ってよ。ただウェルフィアの近くとかは勘弁だったし、かといってあまり都会だと知り合いに会っちまうからな。色んな意味で辺境都市が都合が良さそうだったからここに決めたんだ。辺境都市っていうだけあって魔物はそこらから湧いて出てくる。武器の需要は尽きねぇだろうし、商売繁盛しそうだっていうのもあってちょうど良かったんだ」

そっちは割と即物的な考えによるものらしい。

まぁ、所帯を構えるってそういうことだよな。

好き勝手なことを出来るのは、たとえ命を落とそうとも誰にも迷惑がかからない独り身でいる時だけだ。

誰か連れ合いがいるのなら、先のことを考えていかなければならない。

だからこそ俺には、クロープとルカのような夫婦に憧れはあっても、それを自分が得られる日が来ると考えることは難しかった。

誰かと……そう誰かとそうなって、ある日突然命を落とすようでは悪いからだ。

だが、ふと考える。

今の俺はそう簡単には死なない。

それこそ即死クラスのダメージを受けてもある程度復活が可能だ。

それを思えば、別に今なら所帯を持っても構わないのでは……？

いや、駄目か。

そもそも、今の体は不死者（アンデッド）のそれなのだ。

人の身を持たない旦那とか相手の方からお断りだろう。

やはりまずは人間に戻らなければならない……。

そのためにはとにもかくにも《存在進化》であるが、ここのところ芳しくない。

とりあえず強くなるための努力はしているのだが、それだけで出来るというものではないからだ。

強くなり、魔物を多く倒してその力を吸収した上で、なんらかの《きっかけ》が必要なのだ。

骨人（スケルトン）から屍食鬼（グール）になる、くらいではそこまで大きな《きっかけ》は必要なかったようだが、徐々に要求されるものが難しくなっているような気がする。

人の血肉に、吸血鬼(ヴァンパイア)の血液……次は何が必要なのだろうな。

分からない。

それとも、元々必要はなかったが、一足飛びに進化するためにそれらが必要だったのかもしれない。

本来、魔物というのは《存在進化》することはそれほど多くない。

特に上位の魔物になればなるほど。

それなのに、俺はかなり間隔短くそれが出来ているのだ。

それは、本来の魔物よりもずっと《存在進化》しやすい条件が整っていたから、と考えるのが自然だろう。

そしてその条件の一つが、人の血肉や吸血鬼(ヴァンパイア)の血液の摂取だった……のかもしれない。

まぁ、何はともあれ、これればかりは手探りで頑張っていくしかないな。

まだまだ、ここで頭打ちだとは思っていない。

これからも俺は《存在進化》を求めていく。

そしていずれは……戻るのだ。

人間に。

さて、クロープとの話に戻ろう。

「それで……そうして紆余曲折を経て、マルトに腰を落ち着けたクロープが今更、鍛冶大会に出なければならない理由は結局なんなんだ？」

「……手紙が来た。ほれ」

かさり、と粗い紙を俺に手渡すクロープ。

それにはこんなことが書かれていた。

久しぶりだな、クロープ。

俺のことを覚えているか？

流石に鍛冶の基礎を仕込んでやった恩人のことくらい記憶にあるよな。

そう期待して筆を執っている。

思い返せば、お前がうちの工房から去って、何年経ったか……。

未だに洟垂れのお前が目を輝かせてうちの工房に来た日を、俺はありありと思い出せるぜ。

徐々に腕を上げて、いっぱしの鍛冶師になっていくお前の姿もな。

それだけに、お前がいなくなったときは……。

っと、年を取ると感傷的になってしょうがねぇな。
こんな話をしたかったんじゃねぇんだ。
それより、本題なんだがよ。
お前、今度ウェルフィアで行われる鍛冶大会に出場しちゃくれねぇか？
お前が前に出た、あれだ。
今もお前が鍛冶師をしていることは知ってる。
相当腕を上げていることもな。
だから、今のお前の腕を見てぇんだ。
さっきも言ったが、俺も、年を取った。
もうそろそろ引退だ。
その前にもう一度お前が鍛冶をしている姿を見たい。
年寄りの願い、叶（かな）えちゃくれねぇか？

……あぁ、それと、それにはハザラも出場する。
あいつも今や、副工房長だ。
腕はもうずっと前に俺を超えているがな。
今回は、あいつに工房長を譲ってもいいかの最後の見極めも兼ねてる。

色々思い出させるようで悪いが、お前も、ハザラも大人になった今なら、全部ひっくるめて俺の心残りを洗い流してくれそうな気がしてるんだ。

だから頼む。

まぁ、気が乗らなかったなら仕方ねぇけどな。

じゃあ、期待してるぜ。

バルゼル・スターロより

◆◇◆◇◆

「これは……」

「過去に決着をつけろってことだと俺は受け取ったぜ。親方からの心遣いだ。行かないってわけには、いかねぇだろ」

第三章　杯と従魔師

「……なるほど、クロープにも色々あったのだな」

ロレーヌが皿の上に載った料理を口に運びつつそう言った。

あれから、クロープの話を最後まで聞いた俺は依頼を受け、そして夕食の材料を買って戻ってきたわけだが、やはりロレーヌはまだ杯の解析に忙しかったようで今は大分夜も深い。

夕食という時間帯もかなり過ぎてしまったが、仕事が一段落したらしく自分の部屋から降りてきたので、今から食べるかと聞いたら食べると答えたので手早く料理し、今は二人でかなり遅めの夕食を取っている。

ロレーヌはこれで結構な健啖家で、食が細るようなことは滅多になく、何でも食べるしその細い腰のどこにはいっているのだろうかと不思議になるくらいの量を腹に収める人だ。

対して俺の方は、元々はそこまで大量に食べる方ではなかったが、今では通常の食事では中々腹一杯になりにくく、したがって食べようと思えばいくらでも食べ続けることが出来てしまう。

血を採れば腹も膨れるのだが、ただそれだけというのも味気なく、普通の食事もある程度したいのでしっかり食べるようにしている。

「まぁ、こう言っちゃなんだが、マルトなんかにあんだけ優秀な鍛冶師が外から来て居着くことなんて中々ないだろうからな。何かあって当然と言えば当然だ」

「確かにな。元々ここが出身地だというのなら分かるが、腕の立つ鍛冶師があえてこれから身を立てるのに選ぶ場所でもあるまい……私が言えたことではないかもしれないが」

ロレーヌもそう考えると確かに似たようなものか。

都会でまともに働けば研究者として相当な地位や名声を手に入れられるような能力を持っているだろうに、あえてマルトなんていうど田舎を選んでいるわけで……。

辺境都市マルトというのは、不思議な場所なのかもしれない。

変わった者を次々と惹(ひ)きつける奇妙な引力を持っている。

その最も中心にいるのだろうラウラ・ラトゥールという少女の奇妙さを考えると、その他についてもさもありなんという感じかもしれないが。

あの吸血鬼(ヴァンパイア)一族もなぜこんなところを拠点にしているのだろうな。

やっぱり目立ちたくないから、とかなのだろうか。

吸血鬼(ヴァンパイア)がまず第一に考えることはそれであるし、おかしくはないのだが……何もマルトじゃなくてもなとも思う。

考えても分かるようなことではないのだが。

「本来は俺みたいな田舎者が一旗揚げようと来るような街だからな……」

俺がしみじみそう言うと、ロレーヌは微妙な表情で、

「お前はお前でかなりの変わり者だけどな……」

と言ったのでそれもそうかと思った。

「そうそう、ロレーヌ」

「なんだ？」

「一応、研究は一段落したみたいだが、結局あの杯については何か分かったのか？」

「あぁ、それか。分かったと言えば分かったし、分からないと言えば分からないかな……」

「というと？」

「まず基本的な性能だが、面白いことが分かった。あの杯はやはり普通の杯ではなくてな。特定の淀んだ魔力を集める作用があるようだ」

「特定の淀んだ魔力っていうと……」

魔力の淀みにも色々ある。

属性的に偏りがあるとか、局所的に強力な魔力が使われたせいで瞬間的に一カ所に魔力が流入して混沌としてしまうとか、沢山の魔物が一カ所に集まったがゆえに魔力が竜巻のように混じり合って歪んでしまうとか。

しかし特定の、とロレーヌが言うからにはそういった魔力の淀み一般の話ではなく、何らかの性質を持った魔力の淀みのみのことを言っているのだろう。

俺の言葉にロレーヌは説明する。

「最も我々に馴染みのあるものだ。つまり、魔物を倒したとき、その場に現れる魔力の淀みだよ。それを一点に集める性質がある……ようなのだな」

「へぇ……面白そうだが、そんなことして何の意味があるんだ？」

「そこから先が、まだ分からないというか、実験出来ていないので断言出来ないところだが……大体想像はつく」

「どんな？」

「私はこの杯と同じようなことが出来る存在に心当たりがあってな。つまりそれと同じようなことを人工的に、しかもかなり効率よく起こすことが出来る道具なのではないか、と思ったのだ」

「それって、何だよ？」

「分からないか？　魔物を倒すと出現する魔力の淀み。誰のものとも定義されなくなった不安定な魔力を自らの身に集めることが出来る存在……」

ロレーヌの強い視線が俺に向けられる。

それで察した。

「……俺、か？」

「まぁ、そういうことだな。より正確に言えば魔物一般と言った方がいいのかもしれないが……。ただ、効率は大きく異なるが、魔物の力や魔力を、魔物を倒すことによって吸収出来るのは人も同じだ。つまり、厳密に言うなら生き物の持つそういう性質を道具に押し込めた品、ということになるのだろう」

「ははぁ……なるほど。効果は分かった。だけど、それってどうやって使うんだ？　持っていれば魔物を倒したときの魔力の吸収効率が上がるとか？」

「それはまだ試していないからやってみなければ分からないが……そうだとすると面白いとは思う。一応、明日にはエーデルが下水道から小さめのスライムを数匹捕獲してきてくれる予定でな。それを使って実験してみようと考えている」

「……おい、まさかそのスライムに杯を持たせるつもりか？」

「そうだぞ。それで戦わせて、勝った方に魔力が流れ込むのか、流れ込むとしたら効率はどのくらいなのか、などを計測、観察してみようと考えている」

「……なぁ、俺、思ったんだが、魔物に効率よく魔力が流し込まれるってことは……《存在進化》しやすくなるってことじゃないか？」

「おぉ、よく察したな。もしもあの杯にそういう効果があるのであれば……そうなる可能性は高いな」

「危険じゃないか？」

「危険だとも。しかしいかなる実験であっても危険はつきものだぞ。恐れていては人類に進歩はないのだ」

　そう断言されて、そういえばロレーヌは本質的にはマッドな錬金術師だったなと思い出す。

言っても無駄だ。

それに……まぁ、いくらちょっとあれだとは言え、最低限の安全策くらいは採っているだろう。

本当にヤバくなったら杯ごと完全滅失させるくらいのこともやるはずだ。

だから問題ない……よな？

明日の実験のことを考えてか、目が完全にいってしまっているロレーヌを見つつ、色々と不安になった俺だった。

「おはよ……うおっ。これは……」

ロレーヌに朝の挨拶をしようと自室から出て、居間に顔を出したら、そこにはかなりの数の小鼠（プチ・スリ）の群れがいて面食らう。

加えて、それぞれが数体のグループに分かれており、その中の一匹が必ず小さな容器を背負っているのだ。

そしてそこからは小鼠（プチ・スリ）とは異なる魔力が発せられている。

そんな彼らの前にまるで隊長か何かのように立っているのが俺の眷属（けんぞく）であるエーデルである。

ロレーヌもその隣に立っていて、なんだかほくほく顔というか、何か機嫌が良さそうだ。

「おぉ、レント。起きたか。おはよう」

ロレーヌが俺に気づいてそう言ったので返答する。

「あぁ……それより、これは一体どうしたんだ？　魔力もあんまり感じられなかったから面食らったぞ」

エーデルや彼の手下の小鼠達は当然ながら魔物であり、魔力を発しているが、いつもよりかなり気配が稀薄だった。

あえてそうしているのだろうと察せられる。

「彼らが背負ってるのは私が先日頼んだものなんだが、変に魔力を吸わせてしまうとちょっと問題があるからな。あえて魔力を抑えてもらうよう頼んだのだ。無理なら無理で仕方がないと思っていたのだが、エーデルもその子分達もやはり優秀だな。注文通りにこなしてくれているようだ」

「先日頼んだものっていうと……あぁ、下水道からスライムをって話だったたな。なるほど、そういうことか」

スライムはかなり原始的な魔物であり、周囲にあるあらゆるものを取り込んで成長していく。

動物や魔物の死骸などは言わずもがな、魔力についてもそういう傾向が他の魔物より強い。

といっても吸収効率が良いというわけではなく、非常に影響を受けやすいという感じだ。

魔力の濃いところに生息するスライムは極めて活発になって、率先して他の生き物に襲いかかって来たりするが、その反対に魔力が稀薄な地域だとのろのろと動き、食料も自然に命を落とした生物の死骸しか口にしなかったりする。

そんな風に性格に大きな影響が出たりするのだな。

他にも様々な影響があるが、ロレーヌとしてはそういった偏りのあるスライムではなく、極めて平凡な普通のスライムが欲しかった、ということだろう。

もちろん、多少、環境や他の魔物の魔力の影響を受けてもしばらく放っておけば元に戻る程度だろうが、ロレーヌは出来る限り早く実験がしたいのだろう。

おもちゃを前にした子供だな。

研究者というのは多かれ少なかれそういう傾向があるものだろうが。

「……よし、それではエーデル。スライムを実験室に運んでくれ。細心の注意を払ってな」

「……ヂュッ！」

エーデルはロレーヌにそう返答し、身振りと視線で子分達に指示を出して、階段を上っていく。

よく訓練された兵士達のように一糸乱れぬ動きである。

家の中を小鼠(プチ・スリ)の群れがそんな風に活動する様子に一瞬あっけに取られるも、俺は我に返ってロレーヌに言った。

「これからあの杯の実験をするんだよな？　俺も見学して良いか？」

「あぁ、もちろんだ。ただ、何にも起こらないかもしれんし、見てても楽しくないかもしれんぞ。責任は持たん。それでもよければ好きにしてくれ」

「それは分かってるさ。じゃあお言葉に甘えて」

そして俺達はエーデル達についていき、実験室へと向かった。

それにしてもエーデルは俺の眷属のはずだが、ロレーヌの命令にも問題なく従っているのは一体何なのだろうとちょっと思わないでもない。

俺よりもロレーヌが上位だという認識なのだろうか……？

まぁ間違ってはいないが……俺はこの家において居候だしな。

大家の意向には出来る限り従わなければならないだろう。

そう思いつつも、ロレーヌのその点について尋ねてみれば、

「別に無理に言うことを聞かせているわけではないぞ。一種の交換条件でな。食料や魔道具などを融通する代わりに頼みを聞いてもらっているのだ」

「……いつの間にそんな取引を……」

「結構よくやっている。お前には伝わっていないのか？」

眷属としてのつながりを通して分からないのか、という意味だ。

これについては、

「……まぁ、思考を読もうと思えば読めるし、視界なんかも共有しようと思えば普通に出来るんだが、ずっとそれをやっているわけではないからな。割とエーデルには自由に行動してもらっているし……。前に何度かそんなことをやっているとは聞いたけど、そんなに頻繁だとは知らなかった

よ」

「そうか。私も当初はそんなつもりではなかったが……色々頼んでみると随分と有能なのでな。もはや助手か出入り業者のようなものだ。エーデル様々だな……」

「役に立っているなら良かったが……本当に俺の眷属なのかどうか不安になってくるな」

まるでロレーヌの眷属のようだ。

「私も眷属など得られるのなら欲しいが、あいにく体は人間のものなので難しいな。可能性があるとしたら従魔師(モンスターテイマー)としての技能だろうが、あれはその技能の詳細が秘匿されているものが大半だからな。そう簡単に身につけられるものでは……あぁ、だがレント、お前の義父殿に頼み込めば教えてくれたりしないかな？　今回の杯の実験でもそれがあれば結構楽なのではないかと考えることが増えたんだ」

最近分かったことだが、ハトハラーにいる俺の義父は従魔師(モンスターテイマー)として極めて特殊で強力な技能を持っている。

それは古い時代からハトハラーに住む一族に伝えられてきたものらしく、義父も実際、リンドブルムという通常では従魔師(モンスターテイマー)が従えられないと考えられている強力な魔物すら従えているのだ。

学べばかなり有用なのは間違いなく、特に魔物の研究をしているロレーヌにとっては喉から手が出るほど欲しい技能だろう。

「そうだな……とりあえず、今度会いに行ってみるか。今は色々と落ち着いたし、改めて報告しにも行った方が良いだろうし。俺は俺でハトハラーに行ってカピタンやガルブのばあさんにも会いたい。そのときについでに頼んでみるだけ頼んでみよう」

ただ会いたい、というだけではなく、銀級試験のためにも必要だと思っている。

基礎を見直すにはやはり、その基礎を学んだ人々に見てもらうのが一番だからだ。

剣術や魔術についてはカピタンとガルブが俺の第一の師である。

魔物としての技能についてはイザークにも見てもらいたいとは考えているが。

「楽しみだな……ある程度でもいいから魔物を従えられれば出来ることが広がる。研究も進むぞ！」

俺の言葉にロレーヌは頷いて、

そう言って笑ったのだった。

実験室に入ると、エーデルの子分達がロレーヌとエーデルの指示に従って背中に背負った容器を広い実験台の上に置いていく。

「ここにスライムが入っているんだよな？」

俺が尋ねるとロレーヌは言う。

「あぁ。私が提供した魔道具だな。流石に一般的な大きさのスライムでは捕獲出来ないが、街の下水道なんかによくいるようなサイズのものならここに詰めれば逃げられないように設計した」

「ロレーヌが作ったのか」

「そうだぞ。流石に小鼠(プチ・スリ)達にスライムを咥(くわ)えて持ってきてくれ、というのも難しい話だろうからな。どうしたものかと考えて、こういう形に落ち着いたわけだ」

つまり、この容器は小鼠(プチ・スリ)専用の容器というわけだな。

この調子で他にも小鼠(プチ・スリ)用の装備を次々作り出しそうで少し怖い。

まぁそうなったら、俺は得をするというか戦力が増強されていくわけだが。

何せ、基本的には俺の眷属であるエーデルの子分達だからな。

「どれどれ……」

ロレーヌがそう言って置かれた容器のうちの一つを開け、中身を確認する。

するとそこからずるり、とかなり小型のスライムが這(は)い出してきた。

大体……小指の先ほどの大きさだろうか。

街の外や迷宮に出現するものからすれば数十、数百分の一のサイズである。

当然ながら持っている魔石もかなり小型だ。

顕微鏡で見なければ……とまでは行かないが、よく目を凝らさなければ見えない。

なんで街の下水道にいるようなスライムがこんなサイズなのかと言えば、これよりも大きなもの、強力な魔物というのは街に近づいてきた時点で察知されて駆除されてしまうからだ。

ここまで小さく矮小だと見逃されていつの間にか入り込んでしまう。

これが《存在進化》し、いずれ通常のスライムサイズになると問題になるが、そういう場合も見つかり次第すぐに退治される。

それくらいであれば一般的な銅級なら十分に倒せるからな。

そこまで《存在進化》するためには街の下水道に生息する魔物は弱すぎる。

滅多に起こらないことなので余計に問題は少ない。

「しっかりと注文通り、魔力的偏りの少ないスライムだな。これならばすぐにでも実験に移れるぞ」

「……だけど、ここまで小さいと杯を持たせて……というのは難しいんじゃないか？」

「それはそうだな。まぁ、それでも色々とやりようはあるのだが……とりあえず最も原始的な方法から試してみようと思う」

「それは？」

「それはだな……」

「……よし、頑張れ！　行けっ！　そこだっ！」

ロレーヌが何かを応援している。

俺もまた、

「違う！　そっちじゃないぞ！　よし……よし！　そこだ！」

そんなことを言いながら応援している。

何をか？

と言えば、簡単だ。

俺とロレーヌの視線の先には実験台、そしてその中心に器具によって固定された杯がある。

その杯の内部には非常に小型のスライムが二匹いて、それぞれが絡み合うように争っていた。

お互いがお互いを取り込もうと組んず解れつである。

スライムは多少なりとも同族に対して親愛の情を持つようなゴブリンとかオークなどとは異なり、たとえ同族同士であろうとも遭遇すれば普通に襲いかかる無慈悲な魔物だ。

そのため、杯の内部という非常に狭い空間に押し込められれば当然のごとく、即座に争いになる。

スライムの戦い方は通常のサイズであればただその体に呑み込んで溶かす、という方法の他にも、強い酸性の液体を飛ばす酸弾という攻撃方法もあるのだが、流石に小指の先ほどしかないスライムともなるとそのような強力な攻撃手段はあまり使えないか、全く使えないらしい。

先ほどからずっとお互いがお互いをただ呑み込もうとしているだけだ。

この状況をただ観察しているだけというのも暇なので、俺とロレーヌはどちらが勝つか賭けを始

めた。

魔物同士を戦わせてどちらが勝つか賭ける、いわゆる魔物闘技というものは世界的に様々な場所で行われているものだが、俺は実際にそれが行われている街には行ったことがないので見たことがない。

しかし、実際にこうして小さなスライムでもやってみると面白いものだと思った。

従魔師(モンスターテイマー)に指示されているならともかく、魔物というのはとにかく人の指示には従わないもので、そうであるからこそ戦わせてみるとまるで結果が読めない。

行動も突拍子がなく、見ていて興奮するものがある。

人間同士の闘技大会などはある程度、次に何をしそうか予想がつき、それも面白いものではあるが、魔物同士のそれはまた別種の面白さがあると言って良いだろう。

マルトでもこういう興業をしたら儲(もう)かるかもしれない。

実際に、小鼠(プチ・スリ)を使って競馬ならぬ競鼠(けいそ)をしていた業者はすでにいるが、本来の意味で戦わせている業者はおそらくまだいないだろうし、やってみれば金になりそうだ。

まぁ、それを実際に行うためには戦わせるための魔物を捕獲しなければならず、小鼠(プチ・スリ)程度ではある程度の規模の闘技場などを使って興行することを考えると見えないだろうし、もう少し大きなサイズのものを捕まえてこなければならなくなるだろうが。

そうなると結構厳しそうだな……。

まぁ、いずれ誰かがやってくれるのを期待して、今はスライム闘技で満足しておこうか。

「……そろそろ決着がつきそうだな」

ロレーヌが杯闘技場を見ながらそう言った。

確かに彼女が言うように、小型スライムのどちらもかなり疲労している感じだ。

スライムにそれがあるのかは分からないが、先に気力が尽きた方が敗北濃厚といった感じである。

ロレーヌが応援している方はわずかに赤みがかっており、俺が応援している方はわずかに青みがかっている。

色合いは属性の偏りではなく、食べたものの色が移ったのだろうと思われた。

何せ、魔力の性質は感じる限りどちらも同じで無属性だからだ。

そんなスライム達はそして、とうとう決着に至る。

青い方のスライムの動きが一瞬止まり、その瞬間、赤い方のスライムが大きく体を崩して青い方のスライムの体全体を呑み込んだのだ。

「おぉっ！」

ロレーヌが歓声を上げ、

「……マジか……」

俺が悲しくなってそう呻く。

包まれた青いスライムは、徐々に赤いスライムに消化・吸収され、そして跡形もなくなってしまった。

その体の中心部にあったはずの小さな核も溶かされ……そしてそこから淀んだ魔力が放出される。

ここでロレーヌが真面目な顔になり、

「……レント、ここからだ」

そう言った。

淀んだ魔力は一瞬、周囲に拡散する挙動を見せたが、その瞬間、杯が怪しい気配を広げる。

するとその魔力は向かう方向を反転させ、一点に向かって集約し始めた。

もちろん、それは赤いスライムの方にである。

特に、その体の中心部にある核に向かって。

俺達はその様子を注意深く見守った。

「……こうなったか」
ロレーヌが結果を見ながらそう呟いた。
どことなく感慨深い感じというか、驚愕とまではいかないまでも、結果に満足しているような感じがある。

「ぱっと見ではあんまり通常の場合との違いが分からないんだが……」

それに対して俺の方はいまいち、納得しかねた。

目の前の杯の中には、戦って勝利を収めたスライムがいる。

先ほどまでのそれは小指大だったが、今は大体、親指大程度にまでなっている。

それは、勝った相手のスライムの魔力などを吸収したが故に存在の規模が大きくなったからだ。

そこまでは俺にも分かる。

ただ、それは至って普通のことだ。

魔物同士が争った場合、勝利した相手の力を吸収することが出来る。

その際、どんな部分が強化されるかは分からない。

しかしそれでもいわゆる地力が少し上がる、というのは一般的な認識である。

更に言えば、俺はそれを実地で実感している。

他の魔物を倒せば魔力や気などが上昇し、またそれ以外にも体それ自体が丈夫になったり、身体能力そのものの上昇も感じられた。

まぁ、俺は存在そのものが極めて珍しいので例外かもしれないが、通常の魔物同士が戦ってもそのような現象が起こることは確認されているのだ。

だから、今目の前で起こった、スライム同士の争い、そして力の吸収という現象には特に驚くべきことはないように見えてしまう。

けれどロレーヌは言う。

「確かにぱっと見では分からんだろうが、やはり魔力の吸収効率がかなりいいのだ。私の場合、魔眼があるからな。一般的な魔物同士が争った場合にどの程度の力が吸収されているのかは直感的に分かっている。それと比べると……今行われたスライム同士のそれは、格段に効率がいいのだ……とまぁ、口で言っても微妙だろうから、しっかりと実験器具で記録しているわけだが」

そう言って、実験台の脇にいくつも設置されていた計測器具の表示板を俺に見せてくる。

杯でスライム同士を戦わせる前に設置したものだ。

ちなみにこれらは別にロレーヌが自ら製作したものではないらしい。

魔道具品店でも見たことはないが、帝国から取り寄せたもので、向こうの《塔》や《学院》で一般的に使われている器具なのだという。

つまりは研究者や教育機関向けの魔道具で、俺のような一般市民が購入出来るようなものではないということだな。

コネという意味でも、価格という意味でもだ。

ただ、しっかりと実験を記録するためには持っていなければしょうがないというもので、当然ロレーヌはそういった器具を色々と所有しているわけだ。

とはいえ、そんなものを見せられてもそれこそ一般市民でしかない俺に見方が分かるのか、という話になってくるが、それについては問題ない。

ロレーヌとの付き合いは長く、その実験に付き合わされたことは一度や二度ではない。

当然のこと、器具の設置や記録それ自体についても助手よろしく手伝わされたことがないわけがなかった。

読み方もしっかり教えられており、問題なく表示も理解出来る。

それによると……。

「確かにかなり効率が良さそうだな……通常のものと比べると……」

杯なしで同じことをした場合の記録も手渡されたので、それと見比べると、大体三倍以上の効率の良さだ。

杯を持っているだけで単純にそれだけの速度で強くなっていくというのなら恐ろしい話である。

俺が骨人（スケルトン）だったときにこれを持っていたら……あの重ねた苦労が三分の一になっていたということになるわけだしな。

「あぁ……もちろん、これ一回だけではっきりと効果を確定出来るわけではないが、相当なものだな。何度か同じことを試してみるぞ」

そうして、俺とロレーヌはエーデル達が集めたスライムを使い、何度もスライムを戦わせて賭けをし、そのついでに杯の効果を記録していった。

その結果、やはり杯の効果は、魔物が魔物を倒した場合の魔力の吸収効率をおよそ三倍程度に上昇させるもの、ということが分かった。

そこからさらに、一回り巨大化したスライム達を同サイズ同士で杯の中で戦わせていき……。

「……流石にこれ以上は無理だな。杯がスライムの風呂みたいになっているぞ」

ぽよん、とした物体が杯にすっかり収まっている。

はじめ、小指大でしかなかったスライムだが、今や卵大まで成長していた。

もちろん、杯の中で延々と戦わせた結果だ。

エーデル達は大体二十四ほどのスライムを捕まえてきたが、今はもう、杯に収まっているものと、その外にもう一匹、同じサイズのものがいるだけだ。

互いに魔力を吸収させ続けてこうなったというわけだな。

「こうなるとこいつらも戦わせて一匹にしたいところなんだが」

その方が管理が楽そうだと思って俺はそう言ったが、

「と言っても、もう杯の中で戦わせるというのも無理だしな。どうにかスライムにこいつを把持しながら戦ってもらうしかないが……どうやって言うことを聞かせる？」

「それを言われるとな……」

ここまではただ杯の中に放り込んでおけば勝手に戦い続けたわけだが、杯を把持させる、となるとそういうやり方は出来ない。

スライムはその体の一部を硬化させることも可能な魔物であるから、杯を把持する、ということ自体は出来るだろうが、俺達が命令したところでやってくれるわけもないだろう。

「……いっそ眷属にしてしまおうか」

ふと俺がそう呟いたが、これにロレーヌは首を横に振る。

「そうなるとお前から魔力が流れてしまうだろう。そこで《存在進化》してしまうかもしれんし、何か種族が変わってしまうかもしれん。それではな……」

まぁ確かに、眷属化というのはそういうものだ。

人を屍食鬼（グール）とか屍鬼（しき）とかにするわけだし、エーデルでも分かるが元の状態よりも能力を一段か二段、上げてしまう。

それは俺から魔力などが流れてしまうからで、今回のスライムについても眷属化してしまえばそうなってしまう可能性が高い。

そしてそうなると実験の客観性は保てなくなるだろう。

したがってこの案は却下だ、ということだな。

「となると……どうする？」

俺が尋ねると、ロレーヌは色々考えたようだが、最後にはこう言った。

「やはり、魔物に指示を聞かせるには本職に教えを乞うのが一番だろう」

つまり、俺の義父だな。

俺の義父……インゴ・ファイナは俺の故郷、ハトハラーの村長であると同時に、リンドブルムという強力な魔物を使役することが出来る従魔師(モンスターテイマー)だ。

マルトを強力な吸血鬼(ヴァンパイア)シュミニが襲ったとき、ハトハラーからマルトまで、リンドブルムで運んでくれた。

当然、その後、彼はハトハラーに戻ったわけで、会いに行くためにはハトハラーまで行く必要がある。

しかし問題がある。

ハトハラーはかなり遠い。

真っ当に馬車で向かえば片道一週間はかかるのだ。

まぁそれでも普段なら問題ないかもしれないが、俺は銀級試験を控える身である。

その日までもう、一月もなく、したがって二週間も移動だけにかけていられない……。

「だが、それを解決する手段を私達は持っている、というわけだな」

ロレーヌが、そう言った。

手にはぱっと見ではその辺に転がっているようにしか思えない青い石を持っている。

あれは以前ハトハラーに里帰りしたとき、薬師のガルブと狩人(かりゅうど)のカピタンからもらった、一種の魔道具である。

その効果は、恒久的な転移魔法陣を任意の場所に作り出せる、というもの。

現代においてそのような効果を持つ魔道具を作り出せる者など存在せず、もしもオークションにかけたら天文学的な値段がつきそうな品であるが、だからこそ表に出すわけにいかないものだ。

それに、俺にしろロレーヌにしろそんなに金を欲しているわけではなく、むしろその魔道具の本来の効果の方が魅力的であるのでこれを使うことにそれほどの躊躇(ちゅうちょ)はない。

ただ、どこに作るか、という点については優柔不断に決めかねてきた。

いくら使うことに躊躇はない、と言ってもゼロではないからな。

これを売ればいくらになるのかぁ、みたいなことが使おうとするとふっと頭に浮かぶことを止めることは出来ない。

しかし今度ばかりに限っては使わざるを得ないだろう。

それに、これを使っても出口はすでにカピタンによって設定されてしまっていて、自動的にレルムッド帝国に存在する《善王フェルトの地下都市》になる。

あそこには出口全ては確かめ切れていないが、いくつもの転移魔法陣が存在しており、ハトハラーのみならず王都につながるものも存在する。

しかしマルトにつながるものはなく、したがってマルトに転移魔法陣を作っておけば、マルトから様々な都市に容易に行くことが出来るようになる。

これはかなり便利なことであるし、そこまで悩む必要もなくさらっとやってしまっても問題ないとも考えられる。

それでも多少の躊躇が残るのはやはり、俺がどこまでも貧乏性だからだが……。

ロレーヌの方は決めたらちゃっちゃとやるタイプだ。

「では、使うぞ」

と言って、青い石を床に投げる。

ちなみに、ここは先ほども言ったがロレーヌの持つ、マルト郊外の土地であり、そこに建てられている家屋、その地下だ。

家屋それ自体は外から見ると通常の一軒家だったが、地下室が存在しており、中に入ってみるとかなり広くて驚いた。

ロレーヌが危険な実験を行うために購入した土地と家屋ということなのでおかしくはないのだが、よくこんな家がこんなところにあったなと思って、彼女に尋ねてみれば、上物はともかく、地下室の方はやはりロレーヌが注文して拡張したらしい。

それを聞いてそりゃそうか、と思った。

こんなところにこれほど丈夫そうで広い地下室が必要な者など滅多にいるわけもなく、ちょうど良く存在しているはずもない。

ただ、今回はロレーヌがそういう不動産を所有してくれていて非常に助かった。

なにせ、転移魔法陣の設置場所は難しい。

街中の方のロレーヌの家にする、という選択肢もまず浮かんだ。

あそこにも地下室はあるし、簡単に人の眼には触れないので隠匿性という意味では問題なさそうだからだ。

しかし、もしも転移魔法陣が誤作動を起こして、魔物がマルトの中心部に唐突に出現しても困るだろう。

転移魔法陣を使うには特別なもの……ハトハラーの人間の血液が必要なわけで、そう簡単に起動するということもないだろうが、ハトハラーの人間を襲った魔物が、その返り血を浴びた状態で転移魔法陣に乗れば起動するという理屈である。

絶対に起こらないとまでは言えない。

また転移魔法陣自体についても、なんらかの理由で崩壊して大爆発が起こる、なんてことがないとも言えない。

記述に失敗した魔法陣なんかが周囲の魔力を暴走させてとんでもない事故を引き起こす、なんていうのは絵本にも出てくるようなありふれた話だ。

実際にそんな状況に出会したことは流石にないとは言え、やはりこれも有り得ないとは言えない。

そういう諸々を考えると流石に街のど真ん中に近いロレーヌの家に設置するのは気が引けた。

しかし郊外のこの場所なら、そういうことが起こってもまぁ、なんとか抑えきることも出来るだろう。

土地もかなり広く、周囲にはほとんど何もないので被害は小規模で抑えられるだろうし、何なら色々と結界や魔道具を設置することも出来る。

隠匿性という意味でも最高だろう。

ここに来るような人間などまずいないし、いたらいたで確実に怪しいと判別出来るしな……。

そんなわけで、この場所に転移魔法陣を設置することを決めた俺達だった。

ロレーヌが投げた青い石が、床の石材にぶつかるとパキリ、と音を立てて粉々に割れる。

ロレーヌはそこまで力を込めて投げた訳ではなかったが、跡形もなく割れたことで普通の石ではないことが分かる。

直後、青い石が割れた地点を中心にして、もの凄い勢いで床に魔法陣が描かれ始めた。

「何度見ても圧巻だな……しかし、やはり転移魔法の仕組みはこれだけ見ても分からん……」

ロレーヌが自嘲するように呟いた。

この魔法陣の描き方を完全に解析出来れば現代に転移魔法を蘇らせることも可能らしいが、ただ模様だけ分かっていればいいというわけではなく、描く順番や魔力の込め方から始まって、様々な見えない技術も使われているため、見れば分かるだろう、というわけには行かないのが難しいところだ。

ロレーヌですら未だに完全な解析には至っていないというのだから、転移魔法が蘇る日は遥か遠いのかもしれない。

「さて、完成したようだ。ハトハラーまで挨拶に行こうか、レント」

転移魔法陣が完成し、ロレーヌがそう言ったので、俺は頷いて、

「あぁ」

そう答えた。

転移魔法陣に乗ると、俺とロレーヌはまず、あの《善王フェルトの地下都市》に出た。

そしてそこで少し待機していると、俺達の匂いを嗅ぎつけたのか巨大な虎がやってくる。

これは、黒王虎（シャホール・メレフナメル）と呼ばれる強力な魔物。

体軀（たいく）の巨大さもさることながら、その体から匂い立つような濃密な魔力、瞳に宿る人間のものとは異なる論理性を備えた知性の輝きは、目の前に立つだけで震えてくるような存在だ。もちろん、まともに戦って勝てるはずもなく、それは俺のみならずロレーヌだって厳しいだろう。

ロレーヌであれば百歩譲って死ぬほど罠（わな）を張った上で隠れながら戦う、というのならば万に一つくらいの勝ち目はあるかもしれないが、それでも九割九分は敗北する。

それほどの魔物なのだ。

しかし、俺もロレーヌもこいつを特に恐れてはいない。

何故かというと、この黒王虎（シャホール・メレフナメル）に俺達を襲う気がまるで存在しないことが分かるからだ。

それどころか、ごろごろと喉を鳴らしてその巨大な頭を俺に擦り付けてくる。

こうなると図体（ずうたい）のでかい猫でしかない。

怯（おび）えろというのが無理な話だった。

「何度見ても妙な気分になるな……」

ロレーヌが黒王虎（シャホール・メレフナメル）にすりすりとされている俺を見ながらそう呟いた。

「まず人に懐くような魔物じゃないもんなぁ……古い時代の人間はどうやってこんなものを従えたのか……」

この魔物は、ガルブ曰（いわ）く俺の血に懐いているらしく、それはつまり古い時代の人間がどうにかして一族の血に親愛を感じるように魔物を調教したということに他ならないだろう。

どれだけ前のことかも分からないが、黒王虎（シャホール・メレフナメル）ほどの存在となると千や二千の年月は超えられるということだろうか。

それとも、世代交代をしてもなお、俺の……ハトハラーの人間の血にだけ反応するようになっているということだろうか。

考えても分からない。

ロレーヌも似たような感想を持ったようで、

「それが分かればそれだけで論文が書けるんだがな……いや、それを言うならこんなものだけの存

在でも書けるか。黒王虎（シャホール・メレフナメル）が懐く理由なんて解き明かして論文などにしたらむしろ色々と問題がありそうだ……」

「引く手数多（あまた）になれるだろうな……どんな手段を以（もっ）てしてでも引き入れようとする物騒な人々からも大人気になることだろう」

つまりは問題というのはそういうことだ。

俺の言葉にロレーヌは、

「しかし黒王虎（シャホール・メレフナメル）なんて従えている人間にまともに挑もうと考える奴（やつ）なんているだろうか？」

と真っ当な反論をする。

確かに全くその通りだが……。

「一人でいるときならなんとかなる、なんて考える奴はいそうだな。正攻法ならそれこそ神銀（ミスリル）級を連れてくるとかさ」

「考えるだけでげんなりしてくるな……黒王虎（シャホール・メレフナメル）のことは胸にしまっておくことにしよう。公表なんてして、ここからいなくなられたりしたら困るしな」

「確かに」

この黒王虎（シャホール・メレフナメル）を待っていたのは別にペットに餌をやろうみたいな感覚ではない。

一応、お土産がてら豚鬼（オーク）の肉も持ってきたので投げてやったら器用にキャッチして食べていたが、それはあくまでついでだ。

そうではなく、こいつにはその背中に乗せてもらって《善王フェルトの地下都市》の中を走ってもらおうと思って待っていたのだ。

ハトハラーの村に続く転移魔法陣がここにあるのは分かっているし、場所についても俺には《アカシアの地図》があるので問題なく分かるが、ここの広さは半端ではなく、まともに歩いて行くととんでもなく時間がかかってしまうのだ。

それに加えて、この《善王フェルトの地下都市》は実のところ帝国に存在する迷宮である《古き虫の迷宮》のなんと六十階層に位置する。

当然出現する魔物は化け物ばかりだ。

そんなところを俺とロレーヌの二人でうろうろしたところで早々に詰むことは目に見えている。

しかし、黒王虎(シャホール・メレフナメル)の背中に乗って進めば、そういった魔物も襲いかかってこない。

この迷宮六十階層などという恐ろしい深さの場所にあってなお、黒王虎(シャホール・メレフナメル)というのは最強の魔物だということだ。

敵でなくて良かったと心底思う。

「……さて、では行くか」

ロレーヌが黒王虎(シャホール・メレフナメル)の背に乗ってそう言う。

俺が前の方に乗り、ロレーヌは俺の腰に手を回している感じだな。

当たり前ながら黒王虎(シャホール・メレフナメル)には何か鞍(くら)が載っているわけではないのでバランスを保つのが難しく、

こんな体勢になった。

俺の方が掴(つか)める部分が多く、腕力的にも魔物ボディのお陰で結構なものがあるから確実だというわけだ。

「あぁ。じゃあ、すまないが行ってくれ」

俺がそんなことを言いつつ、黒王虎(シャホール・メレフナメル)の頭を軽くぽんぽん、と叩(たた)くと、

「……グォォォ！」

という流石に魔物らしいうなり声を上げて黒王虎(シャホール・メレフナメル)は地下都市の中を走り出した。

進む方向についてはガルブに教えてもらったとおりの伝え方をすればしっかりと従ってくれる。

「これも魔物を従えているといってもいいよな？」

俺がふと思ってそう言うとロレーヌは答える。

「もちろんだ。だが……通常の従魔師(モンスターテイマー)のそれはあくまでもその従魔師(モンスターテイマー)本人と魔物との間の一対一の関係で主従関係が作られるものだ。この黒王虎(シャホール・メレフナメル)についてはハトハラーの村人なら誰でも従うわけだろう？　仕組みからして根本から違うとしか思えんな……どう違うのかは全く分からないが」

「親父(おやじ)のリンドブルムもやっぱり一般的な従魔師(モンスターテイマー)のやり方とは違うのかな？」

「そちらは形としては通常の従魔師(モンスターテイマー)のものと同じようにも思えるが、リンドブルムほど上位の魔物を従えられる従魔師(モンスターテイマー)はいないと言われているからな……何か普通とは違うやり方をしていると

考えるのが自然だろう」

「どうやっているんだろうな？　普通の従魔師（モンスターテイマー）ってそもそもどうやって魔物を従えているものなんだ？」

「それについては、彼らは秘密主義でな。正確なところはあまりはっきりとはしていない。ただ、皆同じ方法をとっているというわけではないようだぞ」

「というと？」

「たとえば、最も基本的なことで言えば……魔物の調教と言っても、それは普通の動物を調教するのと同じだ、という者がまずいる。これはペットに芸を仕込むのと同じようなことだと言っているわけだな。しかし、そういうのとは全く異なるという者もいる。こちらはやはり詳しくは話してはくれんが、魔力を使って魔物との間に絆（きずな）を築く、というような感じだというところまでは聞き出せた。つまり、個々の従魔師（モンスターテイマー）によってやり方は違う、とそれだけでも推測出来る」

ここ十年の月日の中で、最も短い間隔で訪れたハトハラーの村は以前と変わらず、村人達が穏やかに生活を営んでいた。
この十年、俺がここに帰ってくることは年に一度あるかないかだったのに、こんな風に数ヶ月も

経たずにもう一度訪れたことに何かを感じつつも、特に突っ込まずにただ「お帰り」と言ってくれる人々の優しさはまさにここが俺の故郷であるのだなと感じさせる。

「……これで二度目になるが、何度訪れてもよい村だな。ハトハラーは」

転移魔法陣を使い、ゆっくり歩けば村から歩いて半日近くかかる位置に存在する古い時代の砦から森の中を休みなく進んできたのにもかかわらず、さして息も上がることなくロレーヌがしみじみとそう言った。

やはり、冒険者というものは男女問わず元々の体力が尋常ではなく高いものであると、こういうところでも理解させられる。

ロレーヌは魔術によって身体強化をしているから余計に疲労などほとんどないというのもあるが、それをせずともこれくらいの距離を歩けなければ冒険者などやっていられない。

「俺もそう思うよ。いっそ、もっと村の近くに転移魔法陣を置きたいくらいなんだけどな。そうすれば気軽にここに帰ってこられる」

半ばくらいは本気で言った台詞だが、それが無理な相談であることは分かっている。

理由は二つある。

それをロレーヌが口にする。

「転移魔法陣を作り出せる魔道具をもう一組しか持っていないからな……もったいないと言うのはあれだが、一週間かかる道のりがすでに半日かければ来られる程度になっているのだ。やめておくべきだろう……それに、あんまりこの村の近くに転移魔法陣を作ってしまうと怖いからな。あれは結局のところ、この村の人間であれば誰でも稼働させられてしまうという話なわけだし……」

「そうだよなぁ……間違えて乗って、気づけば《善王フェルトの地下都市》なんていう迷宮だった、なんてことになったら……普通の村人がまともに対応出来るとは思えない。親父やガルブ、それにカピタン以外はそういうことを知らないんだからな……」

「そういうことだな。ま、それでも出来るだけ早くここに帰ってきたい、というのであれば、別の方法を考えた方が建設的かもしれんな」

「別の方法？」

「そうだ。たとえば、お前の親父殿のリンドブルムを使役出来るようになる、とかな」

「なるほど、それなら早く着けそうだな……別にあそこまで大物でなくても、普通の飛竜（ワイヴァーン）でもいいわけだし」

マルトから砦までは転移魔法陣で転移して、そこからは飛竜（ワイヴァーン）でひとっ飛び、という方法を採れるようになればマルトから一時間ほどでここに帰ってくることが出来るようになる。

検討すべきかもしれなかった。

それに、黒王虎（シャホール・メレフナメル）の背に乗りながら思ったが、やはりああいう《足》があると便利だからな……。

従魔師（モンスターテイマー）というのは自分の代わりに、もしくは共に戦うために魔物を従えるものだが、俺としては移動手段確保のためにその技能を得られないかと本気で検討したくなった。

義理とは言え、父親なのだし……ちゃんと頼めば教えてくれるんじゃないかな？

と思わないでもない。

「……おっと、着いたな」

今まで俺達は歩きながら話していたわけだが、ロレーヌが立ち止まり、そう言った。

目の前にあるのは懐かしき……というほどでもないが、我が実家である。

家の前では、義理の母であるジルダ・ファイナが薪を両手に抱えつつ、肩で扉を開けようとしていた。

俺は義母の方へと走り、扉に手を添えてやる。

「……あら、これはご親切に……って、レント!?　それに……ロレーヌさんも！」

誰か他の村の人間が手を貸してくれたと思ったのだろう。

顔を上げたジルダは、俺の顔をそこに認めて驚いてそう叫んだ。

さらに少し遠くにロレーヌの姿も認めて再度驚いたようである。

当たり前だ。

ハトハラーの村はそんな気軽に何度も帰ってこられるような場所ではないのである。

まさかこんなに短い間隔で帰ってくるとは思ってもみなかったのだろう。

しかし、それでもジルダは迷惑そうな顔などせずに歓迎の微笑(ほほえ)みを向けてくれた。

「よく帰ってきたわねぇ……。前のときは慌ただしくいなくなっちゃったから、気になってたのよ。あの人に聞いても『……大丈夫だ』の一点張りだし……」

あの人、とはつまり俺の義父であるインゴのことだな。

以前はインゴに送られてマルトに戻り、それっきりだったから……。

落ち着いたら報告に戻ろうと思っていたが中々立て込んでいてその機会を得られなかった。その結果、インゴは妻に対する説明に色々窮していたらしい。

……実に申し訳ない話だった。

元々そういう言い訳とか説明が得意なタイプではないからな……。

村長という役職にいるのだからそういうことはうまく出来るべきだと思うが、ハトハラーほどの田舎となると腹芸を披露する機会などほとんどないものだ。

あってもガルブやカピタンが適度に補佐してなんとかするだろうし、義父に要求されているのは村をまとめることが大半だ、ということだろう。

妻の詰問に言葉を詰まらせても責めることは出来ない。

「……まぁ、実際大丈夫だったからな。今日はとりあえず、色々落ち着いたから改めて親父と話しに来たんだよ。それと、俺、今度、銀級昇格試験を受けることになってさ。今の実力じゃ、ちょっと心許(こころもと)ないからガルブとカピタンに鍛え直してもらおうと思って」

「銀級ですって!? レント、すごいじゃない! 少し前までずっと銅級で足踏みしていたっていうのに……」

目を見開いて驚き、喜んでくれるジルダであるが、そんな彼女に魔物になったお陰なんです、とは言いにくい。

とりあえず話を逸らす。

「冒険者っていうのは一気に殻が剝けることもあるもんなんだよ……」

「そうなの？　もしかして、それって、ロレーヌさんのお陰だったりするかしら？」

ジルダは突然ロレーヌの方を見て小さな声で俺の耳に囁く。

「……どういう意味だよ……？」

「どういう意味って……ほら、ねぇ？　あっ、もしかして今日は婚約の挨拶とか……？」

「違う、違う！　それよりほら、とりあえず中に入ろう」

このまま続けさせると余計なことを色々口走りそうな義母を扉の中に押し込み、俺はその場でため息を吐く。

ロレーヌが近づいてきて、

「……どうした？」

と尋ねてきたので、

「……母親って奴は、どんなところでも似たようなもんだなって思ったんだよ」

「……？　よく分からんが……」

「わかんなくていいさ……ともかく、俺達も中に入ろうか」

「あ、ああ……」

「……レント、それにロレーヌ殿も……一体どうした？」

家に入ると、そこには俺の義理の父であるインゴが何か書類と戦っていた。

見れば村の収支と税金の計算書類のようで、妻には逆らえず黙り込んでしまう親父殿であってもちゃんと村長としての仕事はしているようだと理解出来る。

「どうしたって、あの後、特に報告もなく時間だけが過ぎ去ってしまったからな。改めて色々と話しに来たんだよ」

もう一つあって、それは俺達に従魔師（モンスターテイマー）としての技能を教えてくれないか、というものだが、これは後でロレーヌと一緒に頼むことにする。

「そういうことだったか。別に構わなかったんだがな……お前達も、忙しかろう？　こんなど田舎まではるばるやってこずともいいのに」

インゴはそう言うが、俺達がどういう手段でここに来たのか彼は分かっている。

妻であるジルダが知らないためにあえてそういう言い方をしたのだろう。

加えて、あんまりおおっぴらに使うと問題かもしれないぞ、という遠回しの忠告も入っているかもしれない。

まぁ、ハトハラーに来るのに使っても、話すような村人は一人もいないだろうが。

田舎の人間の結束というのは都会の人間が考えているより何倍も強いものがあるからな。

特にハトハラーほどの僻地（へきち）となると、村人全員で協力しなければ生きては行けず、したがって離反者も出にくい。

マルトだって田舎ではあるが、あそこはそれなりの都市であるし、流通も結構ちゃんとしているのだ。

ハトハラーとは比べものにならない。

「報告だけが用事だったらそうしたかもしれないけど……理由は他にもあってさ。俺、今度銀級昇格試験を受けることになったんだ。それで鍛え直すためにも帰ってきたんだよ」

「何？　それはめでたいな。受かるかどうかは知らんが」

「……怖いこと言うなよ。それと、他にも用事はあってさ……ロレーヌ」

ここでロレーヌが口を開く。

「改めてご挨拶を。インゴ殿、ロレーヌ・ヴィヴィエです」

「あぁ、これはご丁寧に……っと、そんなにかしこまらなくても構わないのだがな。貴女（あなた）はレントの……なんと言うかな。大切な人だ」

「そう言っていただけると気が楽になります。今更かもしれませんが……インゴ殿も、私にはレントにするように話していただければと思います」

「そうか……？　では、お言葉に甘えて。ロレーヌと呼んでも？」

「ええ、もちろん」

インゴの言葉に、意外と夫婦仲がいいというか、ジルダがインゴにベタ惚れであるので厳しい視線が飛ぶかと思った。

私以外の女をそんな風に、みたいな感じで。

しかし、ジルダの方を見てみると、そのやりとりに何か微笑ましそうな、機嫌良さそうな雰囲気が出ていた。

全く怒っていないようだ。

これは珍しい……昔、俺がハトハラーで生活していた頃、親父が村に来た女行商人とか、踊り子とかに必要以上に近づくと烈火のごとくキレていた母らしくない。

しかも、ジルダの視線はロレーヌだけでなく、俺の方にも向けられている……なんなんだ？

ただ、考えてもその理由は分からなそうだ……。

とりあえず、怒っていないのだからいいとしておくかな……。

「それで、ロレーヌ。貴女からも用事があるようだが、何だね？」

「それは……」

そう言ってロレーヌはちらり、とジルダの方を見た。

これもやはり、以前のジルダだったらぶち切れ案件としか言いようがない行動なのだが、ジルダは、

「あら、ごめんなさい。私、少し外に出てくるわね。この間作ったジャムをレジーにあげる約束をしていたんだったわ！」

そんな風にわざとらしく自分の行動すべてを説明し、キッチンで籠にジャムを詰め込んで、そそくさと家を出て行った。

何か……先ほどから妙な気の利かせ方をしている疑いが晴れない。

あの人はロレーヌを俺の何だと思っているのか……。

というか別に婚約の挨拶をしに来たわけではないとあれほど言ったのに、真面目に聞いていたのか？

まぁ、言っても仕方ないか……。

ばたり、と扉が閉まって、ジルダの気配が遠ざかったのを確認してから改めてロレーヌが口を開く。

「申し訳なく存じます。奥方を追い出すような真似をして……」

「いや、構わんよ。ジルダも何か、娘が出来たようで喜んでいるようだ」

「いえ、娘など……こんな薹が立った娘など出来ても嬉しくはありますまい」

ロレーヌは二十四だが、確かにこれは田舎村だとそう言われてしまってもおかしくはない年齢ではある。

やっぱり田舎だと十代のうちにさっさと結婚してしまうことが大半だからな。

その理由は、やはり都市から離れた村となると常に様々な危険にさらされる結果、寿命が短くなりがちだからだ。

子供が生まれても幼い内になくなってしまうことも都市部よりずっと多い。

必然的に早く結婚して沢山子供を作るということに重きが置かれるわけだ。

しかし都市部だと晩婚化の傾向にある。

特にロレーヌの故郷である帝国ともなればその傾向は顕著だろう。

技術の最先端であり、男女問わずエリート思考が強い国だ。

結婚よりも仕事を優先する価値観があの国にはあるという。

それもそれで悪くはないのだろうが……いいとこ取りしたいものだな。

簡単ではないが。

ロレーヌの言葉にインゴは言う。

「そんなことはない。そもそもこの村は、他の村よりも晩婚の者が多いからな……」

「そうなのですか？」

「あぁ。ガルブが言うには昔からそういう傾向があるようだ。おそらく、ガルブのような優秀な魔術師や薬師がいたからだろう。子供が早世することも少なくてな。だからそれこそ自分が連れ合いたい相手と出会ったときに結婚すればいいという価値観が他の村より強いのだろう」

「なるほど……言われてみると、レントもそういう意味では全く急いでいないですね。本人の価値観の問題かと思っていましたが……出身地のそれだったと」

俺も年は二十五だ。

ロレーヌで薹が立っているなんて言われたら俺も同様だろう。

「レントについては他にも色々と問題があるような気がするがな。ただ、近くに貴女のような方がいてくれると思えば安心だ……ところで、改めてお尋ねするが、ロレーヌ、貴女の用事は何だったのだね？」

インゴの言葉の意味を突っ込みたい衝動に駆られたが、インゴもロレーヌもそれを全て流して会話を続けた。

ロレーヌは言う。

「ええ、それなのですが、私にインゴ殿の技術を教えていただけないかと思いまして」

◆◇◆◇◆

「私の技術？」

インゴが首を傾げたので、ロレーヌは自らの持つ魔法の袋から何かを取り出す。

それは小鼠達が背負っていた容器の少しサイズの大きめなもので、中に何が詰まっているかは言うまでもない。

それをロレーヌがゆっくり開くと、そこからぷるん、とした物体が我が実家のテーブルの上に這い出てきた。

「……これは……スライム、か。一般的なものよりも大分小さいな？」

インゴはそれに一瞬驚きつつも、大して動じた様子はない。

流石に魔物を従える技術を有している以上は、その対象に対しても冷静でいられるということだろう。

それに、実際このスライムは極めて小さく、人間に対する脅威という意味でも取るに足らないということを分かっているのだろう。

普通の村人や、マルトでも戦う技術を持たない普通の市民にこれを見せればそれでもかなり驚くし怯えるものなので、そこのところも流石というところだ。

「ええ、これはマルトの地下にある下水道で確保したものですから」

マルトの地下には迷宮が広がっているが、あれは現在使われているよりも古い時代に作られたものを素材に作られたものであり、かなり深いところにある。

それが幸いしてマルトの現在の水道設備には大きな損傷はない。

それでもあれだけの地下改変の影響を受けないはずがなく、ちょこちょこ不具合は出ているようだが、しっかりと修復が行われており、問題なく稼働している。

マルトの職人達が優秀というのもあるだろうが、おそらくラトゥール家の暗躍もあるのだろうなという気はしている。

直接聞いてはいないが、あの人達はかなりマメに街の維持をしている気配がある。

ともあれ、そんなところで確保した、と言われてインゴは納得して頷く。

「なるほど、街の防備の隙間を抜けた小型種ということか。といっても、スライムは他の魔物の小型種などとは違って、サイズにグラデーションがあって本当に小型種なのかどうかの判別も難しいがな……単純に大きさの話をするならスライムもいずれ年経たものは山に匹敵するほど巨大になるらしいが……流石にそれは見たことがない。この辺りで現れるのは、いわゆる大(グラン)スライムと言われるサイズ程度までで、こういった小型種は珍しい」

「やはり、魔物についてはよくご存じなのですね」

「他の魔物についてもそうだが、スライムの生態については父からよく学んだからな。ただ、私の学んだそれはこの村で我々の一族に伝わってきたもの。都会の学者殿の学説とは異なる部分も多いと思うが……」

「確かに、一般で言われているスライムの知識とは異なるようですが……たとえば大型のスライムに山に匹敵するほどのものが存在するとは聞いたことがありません」

俺も山に匹敵するスライム、なんていうのは聞いたことがないな。

当然見たこともない。

大型のスライムでも見たことがあるのはせいぜい大スライム程度だ。

他にもいくつかいるのは知っているが、大体俺が相対出来ないような大物になってくる。

流石にそれに挑むほど無謀ではなかった。

インゴは言う。

「今はもういない、というか、よほど特殊な条件がない限りは発生しないらしい。父に聞いた話によれば、遥か昔は人工的に発生させていたらしくてな。自然のもとではまず見られないものなのだろうということだ」

「それは……一体どうやって……？」

「ロレーヌ。貴女ならなんとなく分かるのではないか？　いわゆる《存在進化》を人の手で行っていたということだ。スライムの大きさにはグラデーションがある、とはいっても一定の大きさになると《存在進化》するということ自体は変わらない。小型種から中型種へ、そして大型種となり……最後は特殊種へと至る。これがスライム系統の《存在進化》の基本的な態様だ」

「《存在進化》を……活用していた？」

「私ではないぞ。昔の人間がだ。私にあるのは今に伝えられたわずかな知識だけだ……スライムをその特殊種へ至らせる方法も分からないしな。ただ、お前達二人を背に乗せたリンドブルム……あれはまさに《存在進化》を活用して手懐(てなず)けたものだ。本来はもっと小型の……それこそ飛竜(ワイヴァーン)の小型種と絆を結び、育ててあそこまでにしたのだよ」

「……馬鹿な！　従魔師(モンスターテイマー)に従えられた魔物は《存在進化》をしなくなるというのが通説だというのに！」

ロレーヌがそう叫ぶも、インゴは落ち着いて言う。

「やり方によるのだ、ということだな。嘘(うそ)か本当かは、実際にリンドブルムを見ているお前達なら分かるだろう。今更、私がお前達に嘘を言う意味もない」

しかし、以前のインゴはその辺りについては特に口にしなかった。

なぜ、今回はこうして丁寧に説明してくれるのか気になって、俺が尋ねる。

「その話は……前はしてくれなかったのに、今してくれてるということは……本当はあんまり人には言うべきじゃない話なんじゃないのか？」

「確かにそうだ。いわゆる村長の……というか《国王》の血筋にのみ伝わる秘密だな。だが……今回、ロレーヌが持ってきたこのスライムを見るとな。説明しておいた方が良さそうだと思ったのだ。それに、ロレーヌが教えてほしい、という技術というのも私の従魔師(モンスターテイマー)としてのそれなのだろう？　ちょうどいいではないか」

軽く言ったが、これで俺の父さんは馬鹿ではない。

もうすでに色々察していたらしい。

これにロレーヌは、

「それはそうなのですが……頼みに来た身で言うのもなんですが、よろしいのですか？」

と気を遣って言う。

実際、断られて当然くらいの気持ちで来ているのだ。

それなのにむしろかなり率先して説明してくれているので驚いているロレーヌである。

インゴはそんなロレーヌに言う。

「良くはないのだろうな。だが、転移魔法陣もほとんど譲ったようなものだし、この村の特殊な部分もお前達は知ってしまったからな。今更一つ二つ秘密が増えたところで大したことでもあるまい。まぁ、ロレーヌは学者だから知ったことは公表したいだろうが、そのときはこの村が情報源であることは言わずに、うまくごまかしてくれればそれで構わんしな。加えてだ。さっきも言ったがロレーヌの連れてきたスライムだ……これは、自然にこの大きさに成長したものではないな？」

「……分かるのですか」
ロレーヌがインゴの言葉に少し驚いたようにそう言った。
少し、というのは予想していた部分もあるということだ。

ここまでインゴが話したことから、彼が魔物に対する知識がかなり豊富で、しかもそれが一般的に常識、と呼ばれるものとは異なるものであることは察せられている。

であれば、今回連れて来たスライムを見て、その特殊性を見抜く可能性も十分に考えられる。

「もちろんだ……と言いたいところだが、特殊な方法で成長したものの全てを見ただけで分かるわけではない」

インゴがそうロレーヌに言う。

「では、どうしてこのスライムがそうだと？」

「無理に育っているような感じがするからな……そう、まるで促成栽培されたかのような……。まぁ、魔物の成長が早いことは必ずしも悪いことではないのだが、このスライムはな。これ以上進化させるつもりなのであれば、少し休ませた方がいいだろう」

「そこまで分かるのですか……。しかし、このスライムの成長の何が悪いと？　早く育つのは必ずしも悪いことではないとおっしゃいましたが……」

「魔物に限らないことだが、一般的に動物というのは人間に比べて成長が早いだろう？　人は生まれた直後はまるで独立出来ていない。移動すら生まれてから一年は経たなければままならない。だが、動物は生まれた直後、数十分、数時間もあれば、自らの足で立ち上がるようになる……。彼らの世界は厳しいからな。せめて移動くらい自分で出来るようでなければすぐに死ぬからだ。特にそれが魔物ともなれば……分かるだろう？」

「早く一匹で戦えるようにならなければすぐに死ぬと……。確かにそうですね。彼らは、他の魔物を倒すことで力を取り込んでいく性質もある。余計に他の魔物を狙いやすい」

実のところ、魔物は人間や通常の動物よりも、魔物の方を狙いやすいと言われる。

ただ、人が目の前に現れた時だけ結託し、襲い掛かってくる。

それ以外のときは、魔物同士で血で血を洗う戦いをしていることも少なくない。

そしてそれは彼らが他の魔物を倒すことにより、その魔力を吸収することが出来るからだ。

もちろん例外はあるし、共生している魔物同士などではその限りではないが。

また迷宮などの特殊な状況だとまた異なったりもするので一概には言えないところではある。

ただ一般的にそのような傾向があるのは事実だ。

そしてだからこそ、魔物には早いうちに独り立ち出来るだけの能力が必要だと……。

納得出来る話である。

インゴはロレーヌの話に頷いて続ける。

「その通りだ。だから、成長が早いことは魔物にとって決して悪いことではない。ただ、これは人間でもそうだが、あまりにも早い成長は負担にもなる。ロレーヌほど魔力を持っていれば分かるだろうが、魔力が急激に成長したとき……色々と不具合が出たのではないか？」

「インゴ殿は魔術についても造詣が深いのですね……確かに。私の場合は三歳ほどのときでしたが、それまで一般的な魔術師程度しかなかった魔力が、一年ほどで何倍にも膨れ上がって……体中に激痛が走ったのを覚えています。そのせいか、その一年の記憶は痛みにのたうち回っていたことばかりになってしまいましたが……」

「それはお気の毒にな。ただ、それなら理解出来るだろう。魔物とて、生き物。その成長にはおのずと自然な形がある。そこから逸脱した成長をした時……それなりの歪みが出て、負担になる。このスライムにも、今、大きな負担がかかっているのだ」

「……ちなみに、このまま同じように成長させ続けたらどうなるんだ？」

俺がふと気になって尋ねる。

これは必ずしもスライムのことだけが気になっての台詞ではなかった。

インゴは少し考えてから、答える。

「いくつか可能性は考えられるが……最もありえそうなのは、成長が頭打ちになることだな。《器》……と私達は呼んでいるが、魔物には成長の土台となる器があり、それが壊れてしまえば二度と成長しなくなる、と言われている。一般的な従魔師（モンスターテイマー）が魔物を従えたとき、魔物が存在進化しなくなるのもこれを壊してしまうことが大半だからだ」

「《器》……」

「そう、《器》だ。私が飛竜（ワイヴァーン）をリンドブルムへと存在進化させられたのは、その《器》を破壊しない従魔（テイム）の方法を知っているからだ、というわけだな」

「それを私に教えていただけると思っても？」

ロレーヌが尋ねると、インゴは頷いた。

「そのつもりだ。本来、一朝一夕で出来ることではないのだが……ロレーヌは卓越した魔術師だからな。やり方さえ分かれば、あとは実地でなんとか出来るだろう」

「ということは、魔力を使って行うということですか？」

「私が知っているやり方はそうだ。かなり複雑な魔力操作が必要になってくるから、普通なら年単位の修行が必要になってくる。だが、もとからそれが出来るのならばあとは方法を知るだけだということだな」

インゴの言葉にロレーヌがほっとしていた。

俺もだ。

従魔師（モンスターテイマー）の技法を教えてもらう、というつもりでいた俺達であるが、身につけるには十年の修行が必要だ！　とか言われたらどうしようかという不安は当然持っていたからだ。

もちろん、そのときは諦めるか他の方法を探すかということも考えていたが、やはり当初考えていた通りにことが進められる方が楽でいい。

「良かった……では、ぜひお願いします」

ロレーヌがそう言ったので、インゴは頷いて答える。

「あぁ、こちらこそ……と、それについてはいいのだが、このスライムの成長について教えてくれないか？　どうやって成長させた？　私も促成栽培的に魔物を成長させる方法はいくつか知っているが、それらとは様子が異なる。方法が気になってな……」

「いくつか方法を知っている、というのが私からすると驚愕なのですが……それは置いておきましょうか。このスライムを成長させた方法は……これです」

ロレーヌはそして、魔法の袋から例の杯を取り出してインゴに見せた。

「それは……？」

「杯です」

「それは分かる」

「で、しょうね……と言っても話せば長くなるのですが……」

「……なるほど、そんなことが、な……。これによって骨人（スケルトン）が……」

クラスク村での一件……。

俺が骨人（スケルトン）退治の依頼を受け、実際にそれを行った結果、奇妙な魔道具らしきものを見つけたときのことを話すと、インゴは考えた様子でそう呟いた。

「それを見て、何か分かりますか？」

杯を手に取り、じっくりと見つめるインゴにロレーヌがそう尋ねるが、インゴは、

「……いや。申し訳ないが期待には応えられんな。ただ、魔物の成長を促す魔道具というものが昔はあった、ということは聞いたことがあるが……」

「本当ですか!?」

ロレーヌが身を乗り出してインゴに尋ねる。

けれどインゴは、

「……聞いたことがあるだけだ。今ここには存在しないし、作り方も分からん」

そう言ったので、ロレーヌはがっくりと肩を落とした。

「そうですか……でも、それを聞けただけでもありがたいです。かつて存在した、ということはどこかにそれを作る技術が残っている可能性もあるのですから。道具そのものにしても……これだけではなく、探せば他にあるかもしれませんし」

「そうだろうな……どこかに、同じものが……」

ロレーヌの話に頷きながら、ぶつぶつと呟くインゴ。

それから、はっとした様子で目を見開き、しかし一瞬の後、首を横に振った。

その見慣れぬ奇妙な様子が気になり、俺はインゴに尋ねる。

「……どうしたんだ、親父」

「いや……大したことではない」

「なんだよ、気持ち悪いな……思ったことがあるなら言ってくれ」

「……それもそうだな。いや、本当にただの思い付きなのだが……その杯は、魔物の成長を促すもので、お前達の実験によれば杯の中で戦わせたスライム同士が勝った方に吸収された、というのだな？　しかも普通では見られないほどに、高い効率での吸収率を示した、と」

「まぁそういうことだな。必ずしも杯の中じゃないといけないのか、持っていればいいだけなのか、どの程度まで離れていても効果があるのか、他に使い方があるのか……とかそういったことについてはもう少し調べないといけないだろうが」

「いや、その辺りについては今はいい。ただ、私がふと思ったのは……似てないか？」

「似てる？　何に」

「……《迷宮》にだ」

インゴの口から出て来た単語に、俺とロレーヌは少し驚きつつも、納得を感じた。
普通に聞けばインゴが言ったことはあまりにも突拍子のないことのように思われるが、今まで俺達が経験してきたことから鑑みると……確かに似ている、と確信めいたものを感じたからだ。
《迷宮》において、魔物というのは存在進化しやすいと言われる。
それは外にいるときよりもずっと高い確率でだ。

実際にそれをはっきり確認出来たわけではないが、多くの冒険者や研究者などの先達達の経験則や研究によって、ほぼ間違いないと言われている。

なぜそうなるのか。

外と迷宮でなぜ異なるのか。

その理由については様々な説が存在していて、空間自体の魔力が濃いからだとか、閉鎖空間だから外に魔力が逃げにくいからだとか、そんなことが言われている。

そしてそういった説の中に、一つ、インゴの話に関係しそうなものがある。

「……《迷宮》自体が巨大な魔道具である、という説もあったな」

俺がそう言うと、ロレーヌも頷いた。

「あぁ……だとすれば、この杯と同じような効果があってもおかしくはない、か。以前、マルトの地下迷宮をラウラと共に探索したとき、迷宮についても説明を受けたが……種類がいくつかあるという話だった。魔石や魔道具を使って、魔術で作られることもある、マルトの地下迷宮はそれだ、ということも言っていた。その結果出来た迷宮を……魔道具だと言ってもおかしくはあるまい」

「魔術によって人為的に作られる迷宮には、魔物の進化を促進する性質がある……ということかな」

「人為的でないもの……があるかどうかはラウラに聞かなければはっきりとは分からんが、そういったものについても同様の機能がないとは言えん。だからそこは断定出来ないな。ただ、間違いなくこの杯と迷宮は似ている……この杯は……超小型の迷宮、のようなものなのかもしれん」

「それこそ突拍子もない話のような気もするけどな。別に杯の中が迷路みたいになってるわけでもないし」

「まぁ、それはな。あくまで機能が似ている、というだけだ。ただ、似たような技術で出来ているものなのかもしれない、ということは考えられる。この杯を作る技術の先に、迷宮そのものを作る技術もあるのかもしれないぞ。面白いではないか」

「うーん……そこまで簡単な話じゃない気がするけどな」

まずそもそも規模が違う。

積み木を作れたからって城を作れるというわけでもないだろう。

ただ、繋がりが全くないという訳ではないかな、という程度だ。

「どうやら、私の思いつきも中々、役に立ったようだな?」

インゴが俺とロレーヌの話が盛り上がっているのを聞きながら、そう言って微笑む。

「ええ、良いインスピレーションを与えていただきました。今後はこの杯について、そういった方向からも研究してみようと思います。もちろん、先入観を持ちすぎても問題でしょうが……意外と全く関係なかった、ということもこういうことでは良くあることですし」

一生懸命、突き進んでいたらまるで正反対の方向へ向かってしまっていた、なんてことは学術的な研究に限らず、どんなことでも良くある。

多くの可能性を頭に入れながら、慎重に進んでいかなければならない。

ただ、それでもあまり気づいていなかった視点に気づかされたのは僥倖だろう。

杯と迷宮の効果が非常に似ているというのはすぐに思いつくべきだった話のようにも思うが、あまりにも規模が違い過ぎて見えていなかった。

だからこそずっと杯と相対していた俺やロレーヌより、杯について調べていたわけでもない素人のインゴの方が、そういえば、と簡単に気づくことが出来たのだろう。

「さて、それでは本題に戻るか。従魔師としての修行のことだが……」

インゴがそう言ったので俺達は頷いて聞く。

インゴは続ける。

「さっきも言ったが、ロレーヌは魔力の扱いに長けている。だから基本的なことを学んだあとは実践にすぐ移った方がいい。それで構わないな？」

「ええ、もちろん……というか、インゴ殿がその方がいいというのならそれに従います。私は従魔師の技法については完全な素人ですから」

「よし。それと……レント。お前はどうする？　お前も魔力の扱いについてはかなり器用だとガルブから聞いているぞ。身につけようと思えば可能だと思うが……」

「え、俺？　そうだな……」

俺としてはここに戻ってきたのはガルブとカピタンに鍛え直してもらうためだ。

しかし、それに加えて従魔師（モンスターテイマー）としての技術も学んでおけば何かの役に立つだろうか。

銀級試験まで一月位しかないため、あれもこれもと欲張っているとあっという間に時間がなくなるというのは分かっている。

分かっているのだが、昔から色々身につけないと生きて来られなかった俺のそもそもの性質が、新しい技法を身につけられる機会をふいにすることに対して拒否感を覚える……。

そんな気持ちを正直にインゴに言った。

「初めに言ったけど、俺、今回は銀級昇格試験を受けるために基本的にガルブとカピタンに戦闘技術を鍛えてもらいに帰って来たからな。だから従魔師（モンスターテイマー）の修行にどれだけ時間を割いてられるか……」

「そうだったな……それについては、ガルブ達と相談する必要があるだろう。まぁ、教えると言ってもとりあえずは基本だけだ。そこまで時間はかからんと思うが、才能次第というところもあるしな。レント、お前はまず、ガルブ達と話してから決めるといい」

「……それでここに来たという訳かい」

ハトハラーの薬師かつ凄腕の魔術師である老婆、ガルブの自宅兼店舗を訪ねた俺に、ガルブはそう言った。

急に訪ねて来たことについては、あの転移魔法陣の存在を知っているガルブはまるで驚いてはいなかったが、なぜ来たのか、という理由については分からなかったようで、今一通り説明したところだ。

ちなみに今日はロレーヌとではなく、俺一人である。

ロレーヌは今日から親父に従魔師の基礎を教えてもらい始めたからだ。

俺がどうするかはっきりしてからでも良かったのだが、ロレーヌが新しい知識を得られるまたとない機会に我慢が出来そうもなかったので、先に始めておいてもらうことにした。

ロレーヌに先にある程度学んでおいてもらえれば、後で俺が学ぶ段になったときに彼女にコツなども聞けるだろうし、悪いことではないだろう。

子供の頃の記憶を引っ張り出すに、親父自身、それほど人にものを教えるのは得意ではなかったし、ロレーヌに整理してもらった方が俺にとってはむしろ早道である可能性すらある。

「あぁ。やっぱり俺が初めに学んだ〝師匠〟って言えば、結局ガルブとカピタンだからな。魔術についてはロレーヌに教えてもらえばいいだろうが、薬のことについてはガルブに、剣での戦闘についてはカピタンにもう一度鍛え直してもらいたくて……」

薬師としての修行は別に必要ないようにも思われるかもしれないが、そうでもない。

薬師としてガルブにそれなりに色々教わった俺であるが、マルトで冒険者として過ごすうち、あまり使用頻度が少ないものについてはあやふやになっている部分も少なくない。

しかし、銅級冒険者として魔物をただひたすらに倒して小銭を稼いでいる生活の中ではあまり使う機会がなかったにしても、今にして思うに、いくつか有用だと思われる薬もあり、それらについて学びなおしたいのだ。

剣での戦闘技術については言わずもがなであり、加えて〝気〟の運用についてもカピタンは達人である。

俺もある程度は〝気〟が使えるようになったとはいえ、カピタンがやっていたようなことに関してはまだ、からっきしなのだ。

やはり鍛え直す必要がある。

「……あんた、教えた薬の素材や調合を忘れたのかい？」

俺の言葉に、ガルブが少し視線を鋭くしてそう尋ねる。

しまった、叱られるか、と思ったがここで嘘をつくべきでもないだろう。

俺は言う。

「少し……」

するとガルブは、ふぅ、とため息を吐き、それから視線を緩くして言った。

「……全く。まぁ、仕方ないだろうさ。もう十年以上前に教えたことなんだからね。それにあんたは本業の薬師ってわけじゃない。冒険者をやっていて、よく使うものとそうでないものが出てきて、後者の方については記憶が薄くなることもあるだろうさ」

「理解してくれて助かるよ」

「ただ時間もそうあるまい。基本的には試験に役立ちそうなもので、忘れてしまったものだけを覚えなおすってことでいいね」

「もちろん。他のものについても学びなおしたいものはあるんだけど、それはまたの機会にお願い出来るか？」

「ああ、構わないよ……おっと、そうだった。そう言えば以前は教えられなかったが、今のあんたなら魔法薬も教えられるよ。魔力量がかなり増えたようだからね」

意外な提案に俺は驚く。

ガルブは村人に薬を売る時、それが通常薬か魔法薬かを特に説明していないが、その中には魔法薬もあった、ということなのだろう。

一般的にはしっかりと説明する。

それは値段の問題もあるが、それ以上に、人によって合う合わないがあるからだ。

にも拘わらず、ガルブがそういうことをしなくて問題なかったのは、薬を買いに来るのがこの村の村人だけであり、ほぼ顔見知りであるからだろう。

ガルブ自身が購入する者の素性や体質を知り、症状なども聞いたうえで適切な処方をするために、問題が起きないわけだ。

薬師、と言ってもほとんど医者や治癒師のような仕事をしているということだ。

それにしても嬉しい話である。

魔法薬と言えばロレーヌも専門家だが、帝国仕込みであるためか俺がガルブから学んだそれとはかなり系統が違う。

また錬金術の技も必要になってくるため、彼女から学ぶとなると年単位での修行が必要になってくるものだ。

だから、ロレーヌが魔法薬を作っていても、俺は手伝いくらいしか出来ない。

もちろん、十年前から今くらいの魔力量があったらロレーヌから学んでいただろうが、俺の魔力は最近増えたものだからな……。

まずは魔術をしっかり身につけてから、という方針もあって魔法薬関係についてはロレーヌに頼りきりだった。

しかし、ガルブが教えてくれると言うのであれば……。

そのつもりがある、ということはロレーヌのそれのように、錬金術の知識や技法を覚えるところから、というわけではなく、今までの薬師としての技能の延長で出来るものなのだろう。

ただ、心配ではあるので一応聞いておいた方がいいか……。

「……今の俺の魔力や知識でも身につけられるのか？」

「まぁね。ただ勘違いしないでほしいんだけど、私の知っている魔法薬の作り方すべて、というわけではないよ。あくまでも基本的なものになるだろうね。それでもいざというとき、回復水薬（ポーション）の一つや二つ、自分で作れれば違うだろう？」

回復水薬（ポーション）にも普通薬と魔法薬があるが、当然後者の方が効力はずっと上だ。

またそれ以外にも薬それ自体の製作時間の短縮が出来たりするなど、効力以外にもメリットはある。

本当にじっくり製作した場合には普通薬の方が高い効力をだせる場合もあるので一概にどっちの方が優れている、とは実のところ言えないのだが、両方作れるに越したことはないだろう。

俺はガルブの言葉に頷いて、

「その通りだ。ありがたいよ……本当なら昔から作れればその方が良かったんだけどな」

「ま、そこは仕方がないだろうさ。魔術師になれる者が少ないように、魔法薬を作れる者も少ない。それでも、あんたはその資格を得られたんだからね。そのことに感謝するこった」

「……その通りだな」

デメリットとして魔物の体になってしまう、というのがあるが、それもまた仕方ない。

いつかは人に戻るつもりはあるのだけれど。

それから、俺はガルブにもう一つ、薬師としての修行のやり直しを頼む以外の目的の方を尋ねる。

「……そうだった。カピタンがどこにいるか知らないか？　狩人小屋に行って聞いてみたんだけど、どうも留守にしてるって……」

実のところ俺はガルブのところよりも先にカピタンの方を訪ねていた。

優先順位的にまずは剣術と気の修行を先にすべきだろう、と思ってのことだった。

しかし、残念ながら留守だったのでガルブを訪ねたという経緯がある。

カピタンは普段、自宅か狩人達が集まる狩人小屋にいるのだが、どちらを訪ねてもいなかった。

他の狩人達も居場所を知らないということで、ガルブなら、と思ったというのもあった。

これにガルブは、

「あぁ、そういえばそうだったね。カピタンなら今、海に行ってるはずだよ。ちょっと薬の材料で必要なものがあって、頼んだんだ」

そう答える。

何もおかしくはない……ように聞こえるが、実のところこの台詞はハトハラーで聞くには決定的におかしい。

「海？　ここから何キロ離れてるんだ……？」

そう、ハトハラーには海なんてない。

一週間では辿（たど）り着かないくらいに距離がある。

しかしこれにガルブは笑って、

「今更そんな距離のことなんて心配する話でもないだろう。あんただって一週間かかる距離を一瞬で来たじゃないか」

それでカピタンがどんな方法で海に行ったのかを理解する。

「……転移魔法陣を使ったのか」

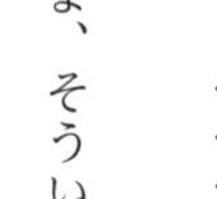

「ま、そういうことさね……。だから会いたいならレント、あんたの方から会いに行くしかないよ」

ガルブがそう言ったので、俺は尋ねる。

「どうしてだ？　そのうち帰ってくるんじゃないのか？」

「いや、勿論(もちろん)そのうち帰ってくるだろうけれど、あんた、時間がないんだろう？　一月で帰ってくるかどうかは微妙だよ」

「え……」

「少しタイミングが悪かったね。私が頼んだものがちょっと手に入れるのが面倒なものでね……見つからないときはさっぱり見つからないから。こんなことならもう少し後に頼めば良かったんだが」

「一体何を頼んだんだ……？」

「海霊草という海草なんだけどね。ヤーランでは滅多に出回らないんだ。ただ、魔錆病にはよく効いてね……」

「魔錆病って？」

「魔力が体外で凝って、錆のように張り付く病だよ。これもこの辺りでは見ない病気だね。風土病に近くて……帝国の、特に鉱山近くでよく見る病だ」

「そんなものの薬が必要なのは……村人に罹患者が？」

「いや、そうじゃない。まさに帝国に住む私の友人がかかってしまったようでね。しかもかなり病状は重いようで、なんとかならないかと相談が来たんだ。だからね……」

「ガルブに相談せずとも帝国の薬師が生産しているんじゃないのか？」

「本来は薬ではなく、聖気での治癒が基本の病気なんだよ。ただ、知っての通り、聖気による治癒というのは……聖気を使う者の実力によって出来る出来ないがある。私の友人の病状はね、常駐している聖女殿の能力の限界を超えていたのさ。だから……」

「そういうことなら、カピタンを呼び戻すってわけにもいかなそうだな……」

「まぁ、幸い明日明後日死ぬ、みたいな病気ではないのだけどね。ただ、体の自由が利かなくなるから生活に大幅な支障が出る……早めに治してやりたいとは思うよ」

「分かった。カピタンは諦めるか……」

　俺が若干がっかりしつつ、そう呟くと、ガルブは少し考え込む。

　それから、顔を上げて俺に言った。

「いや……」

「なんだ？」

「ふと思ってね。レント、あんたカピタンのところに行って、海霊草を探してきちゃくれないかい？」

「と、言ってもな……俺が行っても邪魔にならないか？　海霊草、なんて採取したことないし、見た目も知らないぞ」

「一応あんたも薬草採取に関しちゃベテランだろ。カピタン一人で探すよりも早く済むはずだ。見た目についちゃ、絵があるからそれを見ながら探せば良い。最終確認はカピタンにさせれば間違えることもないしね。それに、あんた修行しに来たんだろう？　今カピタンがいる場所はそこそこ魔物が強くてね。多分だが、あんたにとってもいい修行になると思うよ。海霊草を探しつつ、気の扱いも教えてもらえばいいじゃないか。一石二鳥だろ？」

「それは一石二鳥というのか……？」

「言うね。まぁ、行ってみて、カピタンが邪魔だというのならそのときこそは諦めて戻ってきな。何か、試験に役立ちそうな修行を私が考えておくから。残念ながら気については教えられないから他のもので埋めることになるが……」

「いや、そのときは魔法薬をみっちり教えてくれればいいよ。そうじゃないと、あんまり色々手を出しすぎて、何も身につかずに終わった、ってなる可能性もあるしな」

「そうかい？　ならそうしようか。じゃあよろしく頼むよ、レント」

「あぁ」

「……それで明日はカピタン殿のところに一人で？」

俺の実家でテーブルを囲みながら食事しつつ、ロレーヌと話す。

母ジルダは今、お裾分けに村にある他の家に行っており、ここには俺とロレーヌ、それにインゴだけだ。

そのため、転移魔法陣についての話をしても問題ない。

ジルダが帰ってきたら当たり障りのない別の話をするからな。

「ああ。だから従魔師（モンスターテイマー）の修行は出来なそうだ。ま、あれもこれもっていうのは欲張りすぎかも知れないし、今はこれでいいかもな」

「確かにな。まぁ、私がしっかり身につければ後で教えてやることも出来る。レントにとっては気の修行の方が大事だろう」

従魔師(モンスターテイマー)の技術はあくまでも魔物を従え、操る技術であって、直接的な戦闘能力が上がるわけではない。

銀級試験のことを考えれば、気の修行を優先した方がプラスになるのは間違いないだろう。

「しかし、カピタン殿は今どこにいらっしゃるんだ？　海があるところと言うと……？」

ロレーヌが口にした疑問に、インゴが答える。

「転移魔法陣を使っていったのなら、南方のアリアナ自由海洋国ではないかな。あそこであればかなり近くまで行ける魔法陣があったはずだ」

「アリアナですか……商人の力が強い国だな。マルトではそれほどかの国の商人は見なかったが、最近はかなり頻繁に見かける」

「あぁ、前にリナの友達が揉(も)めてたよな。それをロレーヌが収めてくれた」

「そこまで大したことはしていないが……」

「ロレーヌが介入しなきゃ大事になってたよ……ま、思い出すにそもそもあの商人は普通の商人でもなさそうだったよな。呪物持ってるくらいだったし」

「どうだろうな。アリアナはかなり人の出入りの激しい国だ。チェックも緩いと聞く。呪物のようなものの持ち込みも持ち出しも、かなり簡単なのではないかな。つまり、手に入れようと思えば簡単に手に入る……」

「おっかない国だな……」

俺がそう呟くと、インゴが言う。

「恐ろしいかどうかはともかく、実際かなりチェックが甘いのは事実だ。私も行ったことがあるが、街の出入りの際の身分証の確認もしたりしなかったりだったしな」

「それで治安が保てるのですか？」

ロレーヌが尋ねると、インゴは答える。

「あまり治安が悪い、という感じでもなかったぞ。揉め事が起こると有力な商人の私兵が鎮圧していた。良くも悪くも商人が支配する国、というのがよく分かる出来事だったな。あの国で商人と敵対するのは可能な限り避けた方がいいだろう。レント、お前も行くなら気をつけるのだぞ。何か起こしそうで心配だからな……」

「……いや、大丈夫だって」

少なくとも揉め事を起こそうと思って起こしたことは誓ってない……ような気がする。

そんな俺にロレーヌは、

「全く信用ならんが……まぁ、いざとなればそれこそ転移魔法陣で逃走も出来るだろうしな。まぁ、気をつけて行ってくるといい」

そんなことを言ったのだった。

第四章　海の国へ

「ええっと……」

次の日。

そんなことを呟きながら、俺は転移魔法陣のある砦へと向かった。

カピタンがアリアナ自由海洋国へ行ったのはいいとしてだ。

問題はそこへの転移魔法陣がどれかということだな。

あの地下都市には大量の転移魔法陣があり、全てについて位置や向かう先を確認したわけでもないからだ。

出来ることなら時間があるときに全ての出入り口を確認しておきたいところだが、いかんせん俺は微妙に忙しい。

今回だって銀級昇格試験が控えている身である以上、そんなことをしている暇はないわけだ。

そんなことでどうやってアリアナへの転移魔法陣を見つけるのか、といえば……。

「……《アカシアの地図》があってくれて本当に助かったな。あのときの謎の女の人。本当にありがとう……」

そんな気分に陥る。

《アカシアの地図》は俺が《水月の迷宮》にある未踏破区域で出会した恐ろしいほどの存在感と力を持った女性から、何やら詫びでもらい受けた特殊な魔道具だ。

そこには俺が歩いた全ての場所の地図が自動的に書き込まれるという仕様で、それは迷宮内部であっても例外ではない。

そして色々と機能があるのだが、その全ては未だにはっきりとは分かっていない。

ただ、転移魔法陣の存在する《善王フェルトの地下都市》の記載について言えば、そこに存在する確認済みの転移魔法陣、及びその出口についてまで記載されているという便利さである。

出口については実際に使わずとも、転移魔法陣自体を確認していれば自動的に書かれるので時間のない俺にとってはありがたい限りだ。

時短アイテムとして評価したいところだが、そんなことを言ったらあの女性にはぶち切られそうなのでそれは心の中だけに収めておきたい感想である。

ともあれ、そういうわけなので、《アカシアの地図》をしっかりと読めばアリアナへ至る転移魔法陣があるはずと、砦までの道すがら歩きながら眺めていたわけだ。

「……アリアナ、アリアナ……おっと、あった。ここだな」

そしてとうとう俺はそれを見つける。

そこにはこう書いてあった。

《至アリアナ自由海洋国港湾都市ルカリス》と。

ルカリスがどの辺りにあったか、頭の中で大陸の地図を思い浮かべる。

港湾都市なのだから当然海岸線にあったのを覚えている……あとは、近くに迷宮があったはずだ。

ということは冒険者組合（ギルド）もあるはず……。

冒険者組合（ギルド）は大体の都市や街にあるが、あまりにも小さな村にはないし、町でも大した規模ではないところは小さな出張所が設けられている程度だったりすることもある。

その場合は、情報を得るという意味でも依頼を受けるという意味でも冒険者にとってはあまり使い勝手がよくないのはもちろんで、活動しにくい、ということになる。

しかしルカリスほどの都市ともなれば、そういった心配はいらないだろう。

マルトよりもずっと都会だしな……。

まぁ、マルトと比べるのがそもそもの間違いかも知れないが。

マルトはそこそこ栄えているとはいえ、結局のところ田舎国家の辺境都市に過ぎない。

最近、新しい迷宮のお陰で多少活気が出てきたな、という程度だ。

貿易で栄えている国の港湾都市などとはとてもではないが比べものにならない、地味で小さなど田舎と言っても過言ではないのだった。

「……田舎者と馬鹿にされなきゃ良いんだけどな……」

砦に辿（たど）り着き、転移魔法陣に乗りつつ俺は一人そう呟く。

次の瞬間、俺の体は《善王フェルトの地下都市》へと移動していた。

しばらく待っていると黒王虎（シャホール・メレフナメル）がやってきたので、その背に飛び乗る。

「……じゃ、頼むぞ」

目的の場所を指示すると、黒王虎（シャホール・メレフナメル）は風のように素早く走り出した。

ほんの数分で俺は目的の場所まで運ばれ、

「ありがとう、また帰りもよろしくな」

そう言って豚鬼（オーク）の肉を投げる。

黒王虎（シャホール・メレフナメル）はそれを器用にキャッチし、

「……うにゃあ」

と猫のような、しかしそれとは比べものにならない音量の声を出してむしゃむしゃと食べ、去って行った。

「……マルトで飼えるなら飼いたいんだけどな……無理だろうな」

当たり前か、と自分の心の中で突っ込みつつ、改めて転移魔法陣と相対する。

一応、初めて乗る転移魔法陣になるので、間違いがあっては困ると俺は《アカシアの地図》をよく見て、《至アリアナ自由海洋国港湾都市ルカリス》と書いてあるか確認する。

……どうやら間違いないらしい。

しかし怖いな。

初めて乗る魔法陣の向こう側は一体どうなっているか分からない。

森や山の奥地に飛ばされるかも知れないし、海の底かも知れない。

それだけならまだいい。

俺のこの体はそれくらいなら問題ないからだ。

しかし、崩落した岩の中とかとなるともうどうしようもない。

そうなっていないことを祈りつつ、乗るしかない。

転移魔法陣自体が崩壊していれば稼働自体しないらしいのだが、そうでなければ普通に転移させられてしまうらしいからな……恐ろしいことだ。

まぁ、今回についてはカピタンがすでに飛んでいるので問題ないだろうけど。

心を決めて、乗るか……。

そして俺は転移魔法陣におっかなびっくり、という感じで乗った。

魔法陣は俺の血に反応し、光を発し始め、それが俺自身の全体を包むと、辺りの景色が真っ白に染まり……そして光が鎮まると、俺は別の場所に立っていた。

「……着いた、な……」

キョロキョロと辺りを見回す。

どうやら、特に不自然なところはないようだ、ということがそれで分かる。

場所は……洞窟の中、かな。

あまり明るくはないが、俺の不死者(アンデッド)としての目は、しっかりと周囲の景色を映してくれる。

普通の人間だと大分暗くて見えないだろうが……まぁ、カピタンも着火の道具くらいは持ってきているだろう。

それか、慣れているからほぼ見えなくても問題なく行動出来るとか……うん、こっちっぽいな。

あまり広い空間ではない。

外に続いているだろう出口がすぐそこに見えたので、俺はそちらに向かった。

洞窟の中から這(は)い出ると、そこには森が広がっている。

たった今出てきた洞窟の出入り口を見れば、小さい上に、草に隠されてあまり見えない……いや、

これは認識阻害系の魔術がかけられているな。

カピタン……じゃないか。おそらくガルブがかけたのだろう。

そこまで古いものではなく、定期的にかけ直されているものに思える。

でなければもう俺には出入り口が見えなくなっている可能性が高いからだ。

それなりに強いものでなければ、この不死者(アンデッド)の体には認識阻害の効果は及ばない。

それに、一度意識してしまったものは更に効きにくくなる。

ここから離れて、また再度戻ってきても、俺の目にはこの出入り口が見えることだろう。

かけた本人であるガルブはいわずもがな、カピタンにしてもそういった魔術の効果を看破出来る魔道具くらいは持っているだろうしな。

でなければここにある転移魔法陣で帰ることが出来なくなってしまう……。

とまぁ、考察はこんなところにして、ルカリスに向かうことにしよう。

《アカシアの地図》には《至アリアナ自由海洋国港湾都市ルカリス》と書いてあったが、ここは思い切り森だ。

郊外、ということだろうか。

それとも……。

まぁ、近くであるのは間違いないだろう。

人の気配が近い方へ少し進めば大丈夫なはずだ。

ちなみに人の気配についてはこの吸血鬼(ヴァンパイア)としての嗅覚が察知してくれている。

不死者(アンデッド)としての身体能力様々だが、大分人間離れしたなと思わざるを得ない……。

まぁ、いいか。

そう思って、俺はとりあえず歩き出す。

実際、俺はそれほど歩かずに森を抜けることが出来た。
そこから少し先に城壁があるのが見えたので、そこまで進んでいく。
早朝であるから空は晴れていて、辺りは良く見える。

街道も延びているようで、城壁に近づくにつれてそこを進む人も徐々に増えていく。

馬車に限らず、徒歩で進む人も多い。

また、意外……というか、マルトで見られなかった光景として、そこを進む人種の違いがある。

いわゆる、獣人がかなりいるのだ。

獣人、とは獣の因子を持った種族のことを総称した名称であり、正確にはもっと細かく分かれているのだが、人族（ヒューマン）、と一般的に呼ばれている俺達（たち）のような者からすると獣人、と分けてしまった方が分かりやすかったのか、そういう風に括（くく）られている。

細かく分けると、狼（おおかみ）人とか、翼人……などといった感じになる。

特に珍しいものだと竜人というのもいるが、これについては俺も見たことがない。

他の獣人についてはたまにマルトでも見るが、かなり少ない。

というのはヤーランという国もそうだが、マルトがど田舎であるからで、いわゆる獣人にとってはあまり住みよいところではないというのがあるだろう。

まぁ、一番大きいのは単純に田舎だからわざわざ他の地域から転居してくるようなところではないというところだろうが。

他種族にも色々いるが、獣人は比較的どこにでも住むことが可能で、数も多い方である。

マルトでだって問題なく住めるはずだが、来ないのはやっぱり……田舎だというわけだ。

それに比べてここ、ルカリスは都会も都会だからな。

やはり獣人にとってもそれなりに魅力的なのだろう。

マルトももっと栄えたら獣人が増えていくのだろうか……。

そうなってくれたらありがたいのだが。

何せ彼らは身体的に優れた者が多い。

彼らが多くいる、ということはその地の冒険者組合の実力が上がることにもつながる。

良い冒険者が多くいれば、それだけ街の人間も助かるからな……。

まぁ、先の話だ。

とりあえず、ルカリスの中に入らなければ。

ルカリスへの入り口である正門に並ぶ多くの人々に紛れ込む。

マルトであればこのまま進んでいき、門番である兵士に身分証を示すなどすればそれで問題ない。

ルカリスもアリアナ自由海洋国という他国とはいえ、大まかな仕組みは変わらない。

税や手続きなどが異なる部分はあるかもしれないが、そもそも国名に自由と入っているだけあって外国人にもかなり寛容であることで知られている。

貿易で栄えていることもあり、あまり厳しく取り締まる感じにはならないのだろう。

「……次の者。こちらへ！」

徐々に列が進んでいき、そう呼ばれたので向かうと、門番の兵士に胡散臭そうな目で見られる。

何でだろう、と一瞬考え、あぁそうかとすぐに合点する。

マルトではもう門番も慣れっこになっているが、俺には……。

「……その仮面は外してもらえるのか？」

そう、これがあった。

マルトでも最初のときはすったもんだあったたっけ。

リナのお陰で切り抜けることが出来たが、ここではそういうわけにもいかない。

しかし、今の俺にはしっかりと身分証もあるし、そうそう魔物とばれることもないということは分かっている。

だから堂々と対応すれば良いのだ……。

「外したいところなんですが、どうもこの仮面、呪われているらしくて。外れないんですよ」

「それは本当か？　いや、疑うわけではないのだが……」

嘘（うそ）つけ、凄（すご）く疑っているだろ、と言いたくなるが、失礼にならないようにそう言ってくれていることは分かるので突っ込みはしない。

「証明するのは簡単です。思い切り引っ張ってみてください。絶対に外れませんから」

「……外れたらどうする？」

「それはもう、万々歳ですね。私もどうにかこれを外そうと色々とやってみたんですよ。でも全く外れなくて……。力尽く、魔術、聖気……もうキリがないくらいで。挑戦してみてください」

これは全く嘘ではないのですらすらと出てきた台詞（せりふ）だった。

俺の言葉に兵士は面白いものを感じたらしく、

「ほう、なら挑戦させてもらおうか」

「どうぞどうぞ。あ、誰か私の体を押さえておいてもらえますか？」

「じゃあ、私が」

別の兵士がそう言って俺の肩に手を回し羽交い締めにする。

それから、

「では失礼する……ふんっ……ぬぬぬぬぬ!!」

と言いながら俺の仮面の端をひっつかみ、引っ張るものの、まるで外れる様子はない。

俺の方はといえば全く痛くないのだが、これ、考えてみると普通の人間がつけてしまった場合は相当な激痛が走るのではないだろうか。

顔の皮を思い切り引っ張られているのと同じだからな……。

まぁ、そういう被害者を出すことなく、俺の顔にひっついたのだからよしとするか……全然良くないけど。

しばらく兵士は続けて、しかし、最終的に……。

「……確かに、全く外れん。嘘ではないな……魔術の気配もないようだ」

「でしょう？　困ったものですよ。そうだ、このルカリスには様々な呪物が流れてくると聞きます。こういったものもどうにか出来る人とかいませんかね？」

「ん？　そうだな……マルガの呪物屋であればなんとか出来るかもしれんな。まぁ、行ったら行ったで、出てきたときには新たな呪いを背負う羽目になっているかもしれんから気をつけた方がいいが」

「なるほど……是非行ってみようと思います……って、そうだ。私は入ってもいいんでしょうか？」

「おっと、そうだった。まぁ、仮面が外れんというくらいで特段、怪しげな点もないしな。構わないだろう。身分証も確かに冒険者組合（ギルド）のもののようだし……ちなみに一応聞いているのだが、滞在の目的は？」

「一つ目は迷宮ですね。それから調薬の材料集めをするつもりです」

「ほう、その見た目で薬師か。人は見た目では分からんものだな」

「まぁ、見習いみたいなものなんですけどね。基本的なものなら師から売っても構わないと言われているので、ご入り用でしたらお声がけください。冒険者組合（ギルド）に依頼を出してくれれば、いれば受けるので」

「それは悪いな。そのときは頼りにさせてもらおう。では、ルカリスにようこそ。仮面の冒険者兼薬師殿。良い滞在をな」

ルカリスの正門を堂々と通り、中に入ると、俺は圧倒される。

マルトなどという辺境都市とは比べものにならない数の人がいることも勿論だが、その人種の多様さはまるで別の世界に来たかのようにすら感じさせた。

ヤーランの王都でもこれほど様々な人種がいることはない。

結局、ヤーランというのは国としても田舎なのだな、ということがまざまざと感じさせられる。

また、建物についても面白い。

ヤーランでもよくある一般的なレンガや石造りの建物も少なくないが、それ以外にもあちらでは見ないかなり色彩豊かな建物が少なくない。

そういった建物に出入りするのはやはり、他種族の者が多いのは気のせいだろうか。

彼らの元々の故郷の建築なのか、それともアリアナのそれなのか……。

「……おっと、いつまでも見とれているわけにはいかないな……宿、宿っと……」

ただ街を歩くだけでも興味深そうなルカリス。

カピタンを探す必要があるため、後で街の散策はするつもりだが、その前に宿は確保しておかなければならない。

可能な限り今日中に見つけたいところだが、これほどの街でカピタンたった一人を見つけるのは厳しいものがあるだろう。

一応、ガルブからはカピタンがいそうなところをいくつか聞いてきてあるが、気が向いてふらっと路地裏の酒場に入られたらそれでもう終了だ。

カピタンにだって、この街での馴染みの店くらいあるだろう。

ガルブにいちいち言っていないところも沢山あるに違いない。

「……すまないが、この薬草を一束くれ」

大通りを宿を探しつつ歩いていると、露店がいくつも出ているのを見つける。

そういった店はマルトでもふらふらと見てしまうくらいには好きで、ルカリスにおいても中々その魅力に抗えない俺であった。

とはいえ、必ずしもただ欲望に負けたわけではなく……。

「お、兄ちゃん中々の目利きだな。それが一番質が良いぜ」

そう言って薬草の束を渡してきたのは、山羊の獣人の男性だった。

山羊人、と言うべきなのだろうな。

体毛は黒く、後頭部から二本の角が生えているのが分かる。

確か、山岳地帯を主な住処とする獣人で、街にいるのは珍しいという話だった。

薬草についても、あまり平野部の森では見ないもので、だからこそ俺は買ったわけだ。

「これで一応薬師だからな。薬草の目利きはそれなりにベテランさ」

「へぇ。だったらこういうのはどうだい？」

山羊人の男性はそう言って、背後に積み上げてあった籠の一つを開き、いくつかの植物を出して茣蓙（ござ）に並べた。

「……どれも高い山に登らないと採れないものばかりだな。全部もらおう」

「お、気前が良いねぇ。これなんかは結構値が張るけど良いのか？」

出した中でも最も珍しいと言われる薬草を示してそう言う山羊人だが、俺は頷（うなず）く。

「金はある……というか、この機会を逃すとこれはほとんど手に入らないだろうからな。それとも定期的に採取しているのか？」

「いや。他のはともかくこいつに限っては運が良くねぇとな……全部で金貨三枚になるが……？」

「本当か？」

「……高かったか？」

「逆だ。安いぞ。絶対に買う……ほら」

そう言って俺が金貨を渡すと、

「お、おぉ。もっと値切られると思ったのに……」

「なんだ、いつもはそうなのか？」

「……まぁ。獣人はどこに行っても肩身が狭いからな。それでもここはマシな方だけどよ」

そう言った山羊人の顔には少し悲しげな色があった。

獣人に限らず他種族というのは人族（ヒューマン）から偏見の目で見られることが多い。

そこには様々な理由があるが、人族（ヒューマン）という種族に排他的な部分があるのが大きいだろう。

もちろん、俺にはそういった感覚はないが、都会だと違うということかな。

マルト辺りだと他種族を見ても誰も気にしないが、それはど田舎だからなのだろうか。

そう考えると田舎でも悪くは無いのかも知れないという気はしてくる。

「アリアナ……というかルカリスはいい街か？」

「おう。色々あるのは事実だが、それでも俺達みたいな山羊人にも暮らしやすい街だぜ。帝国に住んでたこともあるが、あっちは酷（ひど）かったからな。それと比べりゃ、まぁ多少足下を見られやすいってだけだからな」

彼の言い分からも分かるが、獣人は人族（ヒューマン）よりもずっと流れ者の気質が強く、一所にあまり留（とど）まらない。

気に入らなかったらすぐにその地を後にしてしまい、定着することが少ない。

そういうところも人族（ヒューマン）から偏見の目で見られてしまう原因ではあるだろう。

しかし、帝国か。

ロレーヌの故郷であるが、確かにあの国は完全に、とは言わないまでも人族（ヒューマン）至上主義が強いところだ。

ロベリア教が全土に広がっていて、その教えが人族（ヒューマン）至上主義的なところがあるからだ。

マルトにはあまり広がってほしくないと思う原因がそこにある。

ヤーランの主要な宗教である東天教にはそういうところは一切無いからな。

アリアナはあまり宗教の力が強くはなかった気がするので、獣人に寛容なのは外国人に寛容な性質と同じで、人の出入りが激しい貿易国家だから、というところにあるのだろう。

「なら良かった。俺もこんな見た目だから、あんまりギスギスした街だと喧嘩を売られるんじゃ無いかと不安だったんだ」

「……確かに、その仮面は一瞬ぎょっとするな。最近ここに来たか？」

「さっき来たばかりだよ……そうそう、聞きたいことがあったんだ」

「なんだ？」

「いい宿を知らないか。多少値が張っても良いから食事が美味しくて静かなところがいいんだが……」

俺が露店で買い物をした理由の一つがこれだ。

酒場とかで聞いても良かったのだが、揉め事の気配がないわけではないし、道行く人を呼び止めるにも俺の見た目はそれこそ一瞬人をぎょっとさせるものだからな。

一番聞きやすいと思ったのだ。

それに、山と街を行き来する露店商ということで、宿も頻繁に使うだろうし、その善し悪しはよく知っているだろうという期待もあった。

案の定、山羊人の男は俺にちょうど良さそうな宿を紹介してくれたので、俺は山羊人に礼を言い、そこに向かったのだった。

「……よし、人心地ついたな……」

宿に辿り着き、寝台に腰掛けてこれからすることを考える。

勿論、カピタンを探す、というのが目的だが、そのためにすることは……。

まぁ、まずはガルブの情報に基づいて探すところからか。

それでも見つからなかったら、どこかで改めて情報収集、と。

結構行き当たりばったりだが、他にやりようがないな。

あぁ、先に冒険者組合（ギルド）に寄っておいた方がいいだろうな。

カピタンは銅級冒険者として登録しているし、海霊草（かいれいそう）をどこかに探しに行ったとして、ついでに何か採取依頼を受けていてもおかしくない。

その場合、当然、冒険者組合（ギルド）に一度顔を出しているはずだし、納品するときにも寄るだろうからな。

その際に伝言を頼んでおけば、最悪自力で見つけられなかったとしても、明日明後日（あさって）には連絡がとれるだろう。

冒険者組合（ギルド）で待っていれば確実なのかもしれないが、最後にまとめて納品、とかカピタンが考えていたとしたら何日も寄らないということもありうる。

やはり探しに出ておいた方が良いだろう……。

これで大体の方針は決まったな。

そう思った俺は、宿の女将にしばらく部屋を空ける旨を告げて、冒険者組合に向かった。

ルカリスの冒険者組合は、マルトのそれよりもずっと大きく、また建物自体の色彩も豊かだった。

マルトのそれは質実剛健といえば聞こえが良いが、見栄えを全く気にしない機能性一辺倒のものだった。しかしルカリスのものはそれとは明らかに違う。

壁面には美しい文様が描かれ、また柱や庇など、所々に様々な装飾がなされている。

複雑な彫刻が施されている部分もあり、全体的に芸術的な作りになっていることが美術素人の俺にも分かるくらいだ。

一つ心配があるとすれば荒くれ者だらけの冒険者組合をこんな風にしたらすぐにぶち壊されそうな気がして仕方が無いが、ルカリスの冒険者達はお行儀がいいのかもしれない、と思った。

もしくは芸術の心を理解出来る者が多いか……都会だもんな。

まぁ、そんなことはどうでもいいか。

俺は感心しつつ、冒険者組合(ギルド)の中に入っていく。

やはりというべきか、冒険者組合(ギルド)の中もかなり洗練されていて、都会的な印象を受ける。

マルトでは一続きの長い受付台が置かれて、適当に仕切られているくらいの可愛(かわい)げのなさだったが、ここは受付ごとに机が用意されており、周囲からある程度隔離された空間として機能するように配慮されていた。

素材などを納品する際に、聞き耳を立てられて後で突っかかられる、ということが良くある冒険者にとってはありがたい仕組みだな。

マルトじゃこんな細かい配慮などしない……。

などなど、田舎者として都会の洗練された空気感に感動しながら周囲を観察していると、ふと妙な視線が俺に向かっていることを察知する。

……なんだろう？

そう思ってキョロキョロとしてみれば、どうもこのルカリスの冒険者らしき男達が、俺を睨(にら)みつけていることに気づいた。

なんでいきなりこんな目で見られるのか。

俺が何かしたのだろうか。

と考えてみたが、心当たりはないような……と思ったところで、自分の格好のことを思い出す。

なるほど、仮面かな、と。

骸骨仮面に漆黒のローブ姿のよそ者が、唐突に冒険者組合に現れた。

一体あいつは何なんだ……？

そんな感じでは無いかな、と。

けれど、特に突っかかってくるような様子は無く、今は単純に監視しているだけのようだ。

なら、さして気にすることもないか……。

突っかかってこられたら俺も対応せざるを得ないが、睨まれているだけでどうこうしようと思うほど血の気が多いわけでは無い俺である。

むしろ血の気が足りないので飲ませてくれという感じだ。

そんなこと言ったら即座に討伐されるだろうから冗談だけどな……。

「……ちょっといいか」

「はい、なんでしょう？　ご依頼ですか？　それとも受注でしょうか？」

受付の一つを選んで話しかけると、若い女性職員が俺にそう言った。

冒険者組合に入ると同時にむくつけき男達に睨まれてなんだかがっくりと来た俺だが、この格好も必ずしも悪いことばかりに働く訳では無いらしい。

人間だった頃は他の土地の冒険者組合に行ったとき、依頼ですか、と聞かれることの多かった俺であるが、今、この姿のお陰か、依頼を受けに来た方かも知れないと思ってもらえたようだからだ。

長年冒険者をやっても、どうもぱっと見では依頼しに来た方に見えやすいらしいからな……。

まぁ、職員側の決めつけに問題があったのかもしれないが。

普通はこうして並列で聞くのが正しい。

「どちらでもない。おそらくだがこの街にいる冒険者に伝言を頼みたいんだが……」

「そうでしたか……失礼ですが、冒険者の方でしょうか？」

「あぁ、銅級冒険者だ」

そう言って俺は冒険者証を手渡す。

職員はそれを確認し、

「……はい、確かに。ヤーラン王国の方なんですね。大分遠くからいらっしゃったようで……」

そう言った。

ちなみになぜ冒険者かどうか職員が尋ねたかと言えば、冒険者同士なら伝言を残すのに金銭が必要ないからだ。

冒険者でないならば、同じ街の中であれば銅貨数枚程度要求される。

誰も彼もに伝言板にさせられては業務を圧迫するからな。

仕方のないことだろう。

「あぁ、アリアナには初めて来た。だが、良いところだな。街も大きくて綺麗(きれい)だし、冒険者組合(ギルド)も広い」

ただし冒険者の質はどうだか分からない。

ただ入ってきたような奴に若干の因縁をつけそうな奴がいるというのはいただけない。

だがわざわざ言うこともない。

職員はほめられたのが嬉しいようで、

「ありがとうございます。この街には色々と見るところもありますので、歩いてみても楽しいですよ」

と言った。

それから俺が、

「そうさせてもらうよ……ところで、伝言を残したい相手なんだが、カピタン、という冒険者が来ていないか？」

カピタン、というのはわりと珍しい名前なのでそれだけで通じると思っての台詞だったが、予想以上にその名前が俺の口から出たのは意外だったらしい。

職員は、

「……カピタンさんとお知り合いなんですか!?」

そう言って少し驚いていた。

「……そうだが、知っているのか？」

俺が職員に尋ねると、職員は深く頷いて答えた。

「勿論ですよ！　カピタンさんはこの街に住んでいる人じゃないですけど、定期的にどこからかやってきては塩漬けになった依頼を一通り片付けていってくれますからね。それに難しい依頼なんかも避けずに挑戦してくれますし……最近、あの人がいてくれるお陰で依頼の消化率もいいんですよ」

その様子は非常に嬉しそうで、俺も少し鼻が高くなる。

やっぱり師匠が褒められていると嬉しいからな……。

「そうなのか……最近消化率がいいってことは、やっぱり今も依頼に出ているところなのか？」

カピタンがこのルカリスに来た目的はガルブから海霊草(かいれいそう)を採取してくるように頼まれたからで、それだけをこなしているという可能性もあった。

しかし、職員の話を聞く限りどうもそうではないようだ。

「はい。今回もやっぱり塩漬け依頼を優先的にいくつか取って行かれましたよ。ただ、行く場所が決まっているみたいで全部同じ場所のものでしたが……」

つまり、海霊草(かいれいそう)が採取出来る場所の依頼を受けられるだけ受けたということだろう。

それ以外のところに行くつもりはないようだな。

まぁガルブも早く欲しがっていたし、そうなるのは理解出来る。

「ちなみにだが、それはどこだ？」

ガルブからカピタンがどこで海霊草を探しているかは聞いているので大体想像はついているが、一応確認しておく。

これに職員は言った。

「……《海神の娘達の迷宮》ですね。今日の朝に行かれましたから、夕方過ぎまで戻られないと思います」

《海神の娘達の迷宮》、それはこのルカリスの近くに存在する迷宮の一つだ。

ガルブに聞いたとおりだな……。

当然、その場所は分かるのでそれについてはいいのだが……問題がある。

俺は職員に尋ねる。

「……確か、そこってあれだよな……海の底にあるんじゃなかったっけ？」

「おや、外の人なのによくご存じですね？　その通りです。ルカリス沖の海の底に入り口がありまして、そこに向かう船は毎日朝と夕方に一度ずつしか出ないんですよ。しかも、海が荒れていたら迷宮から出ることも出来ないので……。夕方過ぎまで戻らない、とはそういう意味です」

やっぱりか。

迷宮という存在は本当に様々なところにあるものだが、《海神の娘達の迷宮》はその中でも比較的、入ることが難しいものの一つだ。

比較的、というともっと上があるのかという話だが、実際ある。

火山の火口に出入り口が確認されている迷宮も存在しているからな。

そんなところ誰がどうやって入るんだ、と突っ込みを入れたくなるところだが、人間の業と言うべきか。

入る手段もある程度確立されているらしいし、また入る人間もそれなりにいるというのだから驚きだ。

もちろん、俺はそこには行ったことがないが……神銀級(ミスリル)を目指すならいずれは行っておくべきだろうか。

強くはなりたいし、そのためになら何だってやる覚悟ではあるが、流石(さすが)に遠慮したいと思うのは仕方が無いのではないだろうか……。

ともあれ、迷宮とはそういうものなので、《海神の娘達の迷宮》はまだマシな方だ。

それでも、その中に存在しているアイテムの類が手に入りにくいのは言うまでもない。

海霊草(かいれいそう)も、そこにあるという。

本来生えている場所は海の底なのだが、かなり深い場所らしく、おいそれと人間が取りに行けるようなところではない。

方法としては、亜人の一種である魚人(ぎょじん)に頼むくらいしかないのだが、その魚人でも限られた者しか行けないような深さにあるらしく、これも中々に難しい。

そのため、迷宮に潜る、という選択肢をとることになる。

迷宮というのは面白いもので、全ての迷宮から同じものが産出するわけではない。

マルトに存在する迷宮にはそこに固有のアイテムが存在するし、他の場所も同様だ。

《海神の娘達の迷宮》は海中に存在する迷宮であるが故に、海に由来する品が多く出るという。

海霊草も同様だという話だ。

だからカピタンはそこに潜っている……。

しかし夕方か。

「……夕方過ぎに港に行けばカピタンには会えるかな?」

職員に尋ねてみると、

「そうですね。すれ違いにならなければ……でも、カピタンさんは毎日、依頼の品を納品されますので、その時間帯にここにいらした方が確実ですよ。ええと……」

それから俺の顔を見たので、

「レントだ」

「……レントさんが訪ねていらしたことはお伝えしておきますので、少しの間でしたら待っていただけるでしょうし」

「そうか。そうしてもらえると助かる。まぁ、それでもすれ違いになってしまったら……ここが俺の泊まっている宿だから、訪ねるように伝言してもらえるとありがたい」

「承知しました」

これで余程のことがなければカピタンと今日明日中に会えることが確定した。

後は夕方まで何をして過ごすかだが……それこそ街の散策でもしようかな。

そう思って俺は冒険者組合(ギルド)を後にする。

冒険者組合(ギルド)を出た後、俺は宿にまっすぐは向かわず、ルカリスの街を色々と歩いた。

冒険者用の店をいくつか周り、薬草や回復水薬(ポーション)などを仕入れ、滞在中の武具の手入れのために鍛冶屋を回り、最後に迷宮などで食べるための保存食や生鮮食品を仕入れていった。

それらが全て終わった後、俺は満足して道を進んでいった。

最初は大通りを歩いていたが、徐々に細く暗い道へと。

しかしこれは決して宿に戻る道ではなく、むしろ正反対の方向へ向かう道だった。

本当ならまっすぐ宿に戻って、夕方まで調薬でもしていたかったのだが、背後にこれだけの気配を感じてはそういうわけにはいかないだろう。

そう、俺は自分の後ろにずっと気配を感じていた。

さほど近くにはいなかったので、振り返っても誰もいなかったが、明らかに視線がこちらに向けられていた。

殺気、というほど強いものはなかったが……あまり良い気分になるようなものでもなかった。

そしてそれの始まりは……。

「……この辺りで良いか。ほら、そろそろ出てこい。わざわざこんなジメジメしたところに来てやったんだからな」

俺がそう言うと、静かにその者達は現れる。

統一性のない服装、使い込まれた武具。

どこにでもいて、俺にとって最も馴染みのある者達……。

つまりそれは、冒険者だ。

「……よぉ。よく分かったな」

現れた冒険者達のうちの一人がそう俺に言ってくる。

……全部で三人か。

多いのか少ないのか……。

「そりゃあ、あんだけあからさまに追跡されたら、な。俺に何か用か？　今日この街についたばかりで、恨まれるようなことをした覚えはないんだがな」

これからしないとも限らないが、今のところは無い。

なんだか追いかけてきたらしいが、無理に喧嘩しようとも思っていない。

可能なら話し合いでどうにかしたい……と思ったのだが、向こうとそんな俺とはあんまり意見が合わないようだ。

「……別に。ただ大通りで気前よく金払ってるの見かけたからな。獣人に金貨三枚も払えるんだ。俺達に少しばかり都合してくれねぇかと思ってよ」

そんなことを言ってくる。

困ったものだが、その台詞のお陰で彼らの目的は分かった。

つまりは金か。

確かに山羊人の獣人の露店で同額払っているが、よく見ていたものだ。

「なんだ、お前達も何か薬草でも売ってくれるのか？　だったら考えないでもないが」

勿論、そんな訳はないのは分かっているが、出来る限り穏便に、だ。

まぁ、ここでこんな受け答えをするのは……。

「はぁ？　本気で言ってやがるのか、お前……！　いいから金を出せって言ってんだよ！」

男達は腰のものに手を伸ばして、こちらに近づいて来る。

まぁこうなるだろうな、と思っての若干の悪ふざけだったので自業自得だ。

「……本気でやるのか？」

「いつまでも余裕ぶりやがって……お前ら！　かかるぞ！」

そう言って、男は俺に向かってきた。

見上げたところは手下っぽい二人に先に行かせるわけではなく、この男が一番に向かってきたところだろうか。

こういう奴らは大半、ボスっぽい奴はふんぞり返って何もせず、手下に手を汚させるものだからな……。

まぁ、だからといってやることが何か変わるわけでも無い。

俺も剣を抜いて、地面を蹴る。

彼らの実力のほどは分かっている。

大けがをさせるつもりはない……まぁ、しばらく活動出来ないくらいボコボコにした方がいいのかもしれないが、あんまりやり過ぎるのもな……。

足に魔力をつぎ込んで、一瞬で先頭の男に肉薄した俺。

男は俺の骸骨仮面が唐突に目の前に現れたことに驚いたのか、目を見開いていた。

しかし、男の剣はまだ、振り上げられる途中だ。

「……流石に遅過ぎるかな」

俺が剣を横薙ぎに振るうと、男の腹部の鎧にぶつかり、吹き飛んでいく。

男はそのままの勢いで壁に追突し、そして気を失ったらしくずるずると壁を伝うように倒れた。

残るは二人だが……。

「ひっ、ひぃっ！」

「……こんな、なんで……」

といった様子で、カタカタと震えながら俺を見ている。

どうも彼らにとってこの展開は予想外だったようだが、俺からすれば自明だ。

別に俺が強いというわけでは無く、彼らの実力がさほどでは無いことは、初めから分かっていたからな。

動きからもそうだし、金貨三枚程度を依頼で稼げないことからも分かる。

つまり、昔の俺くらいか、それよりも弱いほどだ。

今の俺に勝てるわけが無い。

ただ、倒れたボスと同様に見直すところもあり……。

「……なんだ、お前達、逃げないのか？」

片手剣を威嚇するように上げ、二人を指してみた俺。

そうされれば次はお前らの番だぞ、と言われていることは子供でも分かるだろうに、男達は逃げない。

「ば、馬鹿野郎……仲間をやられて黙ってられるかよ！」

「そ、そうだ……ニーズ、今、助けてやるからな！」

などと言いながら、視線を俺に向けた。

……なんだか俺の方が悪者みたいじゃないか。

路地裏で、骸骨仮面を被った黒いローブの男に立ち向かう三人の冒険者。

一人はすでに意識無く、仮面男の足下に転がっている。

怯えながらも残る二人は仲間を助けるために立ち向かおうとしている……。

誰かに見られたら勘違いされそうな状況だな。

「……い、行くぞ……う、うわあぁぁぁ!!」

「……食らえこの野郎ぉぉ……!!」

そんなことを叫びつつ、こちらに走り出そうとした二人。

しかし、現実にはそうなることはなかった。

次の瞬間、

——ドサリ。

と二人はその場に崩れ落ちたからだ。

何故か。

俺が遠くから魔術でなんとかした……というわけではなく。

「……やっぱりな。なんかおかしいと思ってたんだよ。あんたも俺に何か用か？」

倒れた二人の背後から、一人の男が現れる。

暗がりでも見える俺の目に映ったのは人族(ヒューマン)ではなく……獣人だった。

漆黒の、しかし手触りの良さそうな滑らかな毛並みに、人族(ヒューマン)の目とは異なる猫科の虹彩(こうさい)の輝きが目につく。暗がりの中であるだけに余計にその光は目立ったからだ。

体の大きさはそれほどではなく、身長も人族(ヒューマン)の平均より少し高いかな、というくらいだ。

体型はしなやかで、腕力よりも俊敏性に重きを置いた体の鍛え方をしていることが分かる。

要は、たった今俺に襲いかかってきた冒険者などよりも、遥(はる)かに腕が立ちそうだ、ということだ。

こいつが俺に襲いかかってくるとしたら、あまり手加減は出来そうにない。

「……俺にも気づいていたのか？」

「こいつらの他にも気配があることにはな。ただ、あんたの明確な居場所は分からなかったが」

それくらいに隠密(おんみつ)にも長(た)けていた、ということだ。

ただ、気配だけは感じていた……いや、あえて分かるようにしてくれていた、のかもしれないが。

「そうか……あまり意味はなかったようだがな。聞くまでも無いことかも知れないが大丈夫だったか？」

「そう聞くって事は、別にこいつらの仲間だとか、俺を襲いに来たって訳じゃなさそうだな」

むしろ逆で、気配を出していたのはだからこそ、ということのようだ。

男は言う。

「あぁ。家に帰る道すがら、こいつらがお前を追跡しているところを見かけてな。不穏な気配だったから一応、様子を見てた」

「助けてくれるつもりだった、ということか」

「余計なお世話だったようだが……」

「いや、助かったよ。最後、こいつら変に怯えてたしな。ああいうやけになった奴ってのは何をするか分からないから、後ろから一撃で気絶させてくれたのはありがたかった」

「ならよかった。ところで……」

「ん?」

「こいつらは、どうする? 官憲に突き出すか?」

昏倒(こんとう)している奴らを見ながら、男は言った。

俺は少し考える。

突き出してもいいのだが……。

「俺は最近ここに来たばかりなんだが、こいつらを突き出したらどういう扱いになる?」

「そうだな……まぁ冒険者のようだから、その資格は剝奪されるだろう。それと、一月前後、牢屋(ろうや)に放り込まれる……くらいだろうな。残念なことに……というとあんたには悪いが、あんたは無傷だ。大した被害はないって見られる可能性が高いな」

それじゃあ、突き出したところであまり意味が無い。

冒険者の資格を剝奪されるのは大きいだろうが、それだと収入源がなくなったこいつらはまた同じ事を繰り返しそうだしな……。

面倒だが、これも縁かも知れない。

それに、そこまで悪い奴らではなさそう……というとあれだが、まだたたき直し甲斐は残っていそうな奴らだったし……。

俺は男に言う。

「……とりあえず、こいつらが起きるまで待ってることにするよ」

「何？」

「こいつらが俺に襲いかかってきたのは金が無いから、だからな。最低限の金の稼ぎ方だけ、教えてやろうと思う。じゃないと、次の被害者は俺みたいにあしらえないかもしれないからな……」

男はそう言った俺に呆れた顔をして、

「……お人好しだな、お前」

「そういうわけでもない。性根が変わらなそうだったら、責任持って迷宮の深部にでも置き去りにしてくるよ。あんまりこの街に長居するつもりもないしな」

「……確かにただのお人好しでもなさそうだ……そうだな。ここで起きるのを待つのも退屈だろう。そういうことならこいつらは俺の家に運べ」

「あんたの？　いいのか。変に因縁つけられる可能性もあるんだぞ」

その結果、家に放火、なんてことをする可能性もある。

しかし男は、

「そうしたらそれこそ俺がこの手で息の根を止めてやるさ」

「……まぁ、あんたなら出来るだろうが……」

「いいから運べ。俺はこっちの二人を運ぶから、お前は最初に気絶させた奴を頼む」

「……あぁ、分かった。すまないな」

「それはこいつらが言うことだろうな」

気絶している男二人を肩に担ぎながら、獣人の男はそう言った。

「違いない……目覚めたら言わせることにしようか」

「拷問でもする気か？」

「うーん……まぁ怪我(けが)をさせても治すことは出来るから、それもいいかもな……」

そんなことを話しながら、俺も倒れた男を担ぐ。

それから、獣人の男の先導に従って歩き始めた。

「……おっと、そういえばあんたの名前は？　俺はレント・ファイナ。レントって呼んでくれ」

「……ディエゴだ。ディエゴ・マルガ。ディエゴって呼んでくれ」

「……マルガ？　もしかしてマルガの呪物屋って……」

「知っているのか？　それは俺の店だな。だが、呪物屋というのは心外だな……うちは雑貨屋だ」

曲がりくねった路地裏を先ほど知り合ったばかりの獣人、ディエゴの案内に従って進んでいく。

「……大通りに出た方が早くはあるんだが、流石にこいつらを担いだままだと色々とまずいからな」

ディエゴがそう言った。

確かに俺達の肩には先ほど倒した合計三人の冒険者が担がれている。

人通りの多い大通りにこのまま出たら、すわ人さらいか、という話になってしまうことだろう。

まぁ、その場合は素直に襲われたから倒した、家で介抱するつもりだ、と言えば良いのだろうが、それを言ったらそれこそこいつらは官憲に連れて行かれてしまうだろうし、俺達も色々と事情を聞かれることになるだろう。

それは全く望んでいる展開ではないので、こそこそと路地裏を進む方が目的に合う。

問題は俺にはどこに進んでいるのか全く分からないため、ディエゴが悪人で俺のことを仲間のところに連れて行ってどうこうしようとしている、とかいう場合には逃げようがないというところだろうか。

ただ、これについてはさほど心配する必要もあるまい。

そんなことを考えているような奴が、わざわざこうして路地裏をルートに選ぶ理由など説明しないだろうからな。

その気になれば俺には《分化》という、普通の人間には捕捉しがたい逃走方法もあることだし、最悪の場合でも、多分なんとかなる。

実際、俺の勘は正しかったらしく、三十分ほど歩いてとうとう、目的の場所に到着する。

「……入ってくれ」

一軒の石造りの頑丈そうな家屋の裏口に辿り着くと、ディエゴがそう言った。

自分が先に入れば良いだろうに、二人の冒険者を肩に担ぎながら、器用に扉を開いて把持してくれている。

「おぉ、悪いな……ディエゴも」

中に入って、俺が扉の取っ手を押さえると、ディエゴも中に入ってきた。

それから、再度ディエゴが家屋の中を先に進んでいく。

感心したのは、家の中をただ進んでいくだけで、薄暗かった部屋の中にぽつりぽつりと光が灯っていくことだろうか。

「……贅沢に魔道具を使ってるな」

俺がそう言うと、ディエゴは首を横に振って、

「ほとんど俺の親父が迷宮から持ってきたもんだ……親父のお陰さ」

そう言った。

「へぇ、親父さんが……冒険者なのか？」

「……冒険者、だった、ってことになるな。ついでに雑貨屋もやってて……今は俺が継いでる」

「……そうか」

短い会話だが、これでなんとなく事情は分かる。

つまり、ディエゴの父親はもうすでにこの世の人ではないということだ。

俺は尋ねる。

「門番が〝マルガの呪物屋〟って言ってたのは、親子二代でやってるから、ってことかな？」

「そういうことだな。特にはっきり店の名前を決めてやってるわけじゃないんだ。親父がやってたときは、〝ラウルの呪物屋〟だったぜ」

ディエゴの父親の名前がラウル、ということだろう。

「何で店の名前をはっきり決めない？　不便だろ？」

「俺も親父もほとんど道楽に近いからな。本業は冒険者の方なんだ。雑貨屋の方は、まぁ、気が向いたときか、常連が来るって連絡をもらったときくらいだけだな」

「それでやってけるのか？」

「言ったろう。道楽なんだ。それに……この街ルカリスでは、呪物屋はそれなりに需要があるんでな……よっ、と」

言いながら、どうやら目的の部屋に辿り着いたらしい。

ディエゴが部屋の中心に据えられてあるソファに、肩に担いだ冒険者を下ろしたので、俺もそうする。

しかし、ただでさえ体がでかくてかさばる冒険者三人にソファを占領されてしまったので、俺達の座る場所がなくなる。

ディエゴはその辺から適当に椅子を持ってきて、

「……くつろいでくれ、ってわけにはいかないだろうが、とりあえずここに座っててくれ。今、茶を持ってくる」

「いや、適当で大丈夫だぞ」

「いいから客は座ってろ」

ディエゴはそう言って、キッチンの方へ歩いて行った。

なんだか突然押しかけたのに丁寧に扱われて申し訳ない気分に陥る。

ディエゴもこんな冒険者三人なんて受け入れる必要なかったのに。

ついでに俺についてもな。

俺のことをお人好し扱いしていたが、ディエゴこそ、まさにそういう感じの男では無いだろうか。

しかし、助かったのは事実で、まぁ、可能な限り迷惑はかけないようにしたい……。

——ことり。

と、テーブルの上に湯気を立てるカップが置かれた。

「へぇ、良い匂いだな……」

「ルカリス原産の……とは言わないが、舶来ものの茶だ。中々に味がいいぞ」

アリアナは気候の関係で農産物の生産があまり盛んでは無く、だからこそ商業が発達して、貿易も頻繁に行っている国だ。

当然、茶についても育ちにくく、育ってもそこまで良い味のものはない。

だが、ディエゴが出してくれたお茶に口をつけると、鼻に抜けるような香りと透き通った味がした。

舶来もの、というのは本当のことのようだ。

「……俺の友人に茶葉に凝ってる奴がいて結構良い奴を飲ませてもらえるんだが……それに匹敵する味だな。ディエゴの趣味か？」

もちろんそれはロレーヌのことだ。

ディエゴは俺の質問に答える。

「俺が茶に拘(こだわ)るような顔に見えるか？……まぁ、あればうまいものを飲みたいとは思うが、その程度だ。客にもらったんだよ」

「あぁ、さっき言ってた常連とかにか……」

ということは結構な良客が来るということだろうか。

これだけの茶葉を持ってくる者が一般庶民ということもあるまい。

ロレーヌは金を持っているから買えるが、一般人はもっとグレードの低いものを買う。

「そうさ。こんな店にそんな上客が来るなんて不思議か？」

「いや……そこまでは言わないけど、少しな」

店を開けるのは不定期だと言うし、本業は別にあるとも言っていた。

呪物屋といってもマルトなら珍しいが、ルカリスなら他にもありそうだし、どうしてもここを、という感じでも無いだろうに。

そう思っての疑問だった。

これについてディエゴは言う。

「まぁ、俺は鑑定神の神殿で修行していたことがあるからな。呪物についてある程度の鑑定が出来るから重宝されてるんだよ。ルカリスは大きな街で、目利きも少なくないが、わざわざ鑑定神のところで修行して呪物屋なんてやってる奴は俺くらいのもんさ」

「ってことは……ディエゴは鑑定神の神官なのか？」

俺が尋ねると、ディエゴは、

「そんな大層なもんじゃない……というか、半ば破門された身だ。さっきも言ったが、俺は呪物の鑑定をよくするからな……」

言われて、鑑定神に仕える神官達の呪物に対する態度を思い出す。

「あぁ……鑑定神に仕える神官達は、皆、呪物に対しては厳しいんだったな。でもディエゴはそれの鑑定をよくすると……」

「そういうことだ。神殿にいたときからずっとそうだったから、最後には追い出されてしまった。まぁ、鑑定についてはよく学んだからな。呪物だろうがなんだろうが、ものに罪はない」

鑑定については誰だってやっていることで、それこそ冒険者組合（ギルド）にも鑑定士はいるし、商人にだって当然いる。

ただ、この世で最も鑑定に長けているのは鑑定神に仕える神官達だと言われ、彼らの鑑定技術を学びに多くの者が鑑定神の神殿を訪ねる。

ディエゴもその口だった、というわけだ。

ただし、学ぶためには鑑定神に仕える神職になる必要があり、そうでなければ技術は教えてもらえない。

ある意味当然の話ではあり、ディエゴもそうしたようだが、呪物の鑑定を頻繁にしてしまったが故に破門されてしまったと……。

どんなものでも鑑定してくれる、というのなら俺のような冒険者にとってはありがたいことこの上ないのだが、鑑定神に仕える神官達からすればまた別の感覚があるのだろう。

「それで良かったのか？」

鑑定を学ぶために神職にまでなったのだ。

ずっとそれを続けていたかったのでは無いか、と思っての質問だったがこれにディエゴは首を縦に振った。

「別に構わんさ。元々、このルカリスで雑貨屋をやるために身につけたかった技術だ。ある程度身についたら帰ってくるつもりだった。思った以上に楽しくて、向こうに長居してしまったが……ちょうど良かったのさ」

「どうしてそんなにこの街に拘るんだ？」

鑑定神の神官になったほどの鑑定士である。

もっと大きな街や店に行っても引っ張りだこのはずで、こんな小さな店を道楽でやる必要は無いような気がする。

まぁ、父の跡を継いだ、というのがあるから、理由があるとしたらそこだろうが。

ディエゴはやはり、言う。

「親父の住んだ街だからな……それに」

「それに？」

俺が首を傾げると、何かを答えかけたディエゴだが、最後には首を横に振り、

「……いや」

と口を噤んだ。

何か話し出すかと思って少し待ったが、その先はないらしい。

それから、ディエゴは不自然に話を変えて、

「そういえば、レント。お前……こいつらを鍛え直すって話だが、どうするつもりだ？」

そう言った。

勿論、ソファで気絶している三人の冒険者を見ながらの言葉だ。

俺はディエゴに言う。

「あぁ……とりあえず、起きたら少し事情を聞いて……」

「それから？」

「それから、俺の仕事を少し手伝ってもらう。そのついでに他のことも教える、ってつもりだ」

「お前の仕事？」

「あぁ。海霊草って知ってるか？」

俺が唐突に出した単語に、ディエゴは少し考えるが流石に雑貨屋をやっている上に鑑定士だけあって、植物にも詳しいようだ。

「深海に生えてる薬草の一種だろ？　あれは確か……魚人がたまに採ってくるが、ルカリスでもせいぜい数年に一度くらいしか見ないな。あぁ……そういえば、《海神の娘達の迷宮》でもたまにと

れるって話だが……」

「よく知ってるな」

「お前、俺をなんだと思ってる？　修行を積んだ鑑定士様だぞ」

「自分で様をつけてたら世話がない気がするが、確かにな」

「で、その海霊草がどうした？」

「あぁ……ちょっと知り合いに頼まれて、数を揃えなきゃならないんだ。でもさっきディエゴが言ったとおり普通に流通しているものじゃないし、となると自分で取りに行くしかないだろ？」

「それでお前が、か……」

「本当は知り合いがすでに探してるんだけど、時間がかかってるみたいでな……探す手は多い方がいいだろう？」

「その手伝いにあいつらを？　使い物になるのか？」

訝しげに気絶している冒険者達を見る。

まぁ、ディエゴの気持ちは分かる。

いきなり薬草探しを手伝え、と言ってもそう簡単なことじゃないからな。

だが、一種類だけなら事前に叩き込めばなんとかなるだろう。

一番最後の確認だけ俺がしっかりやれば間違えることもないしな。

「問題ない……とまでは言えないかも知れないが、少しくらいは役に立つだろうさ」

「まぁ、邪魔になるほどの戦闘能力もなかったしな。しかし、そういうことならお前、《海神の娘達の迷宮》に潜るつもりか？」

「あぁ、そういうことになるな。海の底にあるんだろう？　楽しみなんだが……具体的にどうやっていくのか知らなくてさ。知ってるか？」

大体の概要くらいはマルトにいても情報が入ってくるが、詳しい攻略方法となると大抵現地に入らないと入ってこない。

それが迷宮というものだ。

これはマルトが田舎だから、というよりも、そういう情報は万金に値するのでそうそう外部には流さないからだな。

金を払えば手に入れることは出来るだろうが、マルトを拠点にしているのにわざわざ他国の一都市にある迷宮の情報を得るために金を払おう、なんて気が向くことはなかったというだけだ。

ただ、今回は潜る必要があるから、カピタンと合流して情報を聞いて、それでも何か情報に不足を感じたら改めて金で買うことも含めて検討しようと思っている。

カピタンと合流してから、なのはカピタンに尋ねれば分かることなのにわざわざ金を払って買った情報と被って無駄金を使った、なんてことにならないためだ。

迅速性を重視するときはそういうのも気にしないが、夕方まで待っていれば分かることなのでそこまで急いでいない。

どうせ船が出ていなければ行けないという話だったし、俺が《海神の娘達の迷宮》に潜るのは明日以降になることは確定しているのだからこの方向で問題ない。

俺の質問にディエゴは言う。

「まぁ……《海神の娘達の迷宮》には、基本的に船で行く。そこから海に潜って、入り口まで進んで、中に入る。シンプルだな」

「……シンプルすぎないか？　息は？」

「もちろん、海中だから出来ない」

……いやいやいや。

死ねというのか。

そう言いたげな俺の顔を察したらしいディエゴが吹き出して言った。

「流石に息をするなとは言わないぞ。ちゃんと方法があるから安心しろ」

「……息をしなくても平気な方法か？」

俺は首を傾げてディエゴに尋ねる。

まさか不死者（アンデッド）になることだ！

なんて言われるわけもないだろうが……。

ちなみに俺は息をする必要は無い。

潜ろうと思えばいくらだって潜っていられる。

にもかかわらず心配しているように話をしているのは、そう振る舞わないと不自然だからだ。

加えて《海神の娘達の迷宮》には今、気絶している三人組の冒険者も一緒に連れて行くつもりであるから、それを知らなければ彼らには窒息死してもらうしかなくなる。

彼らが俺に対してしようとした所業を考えればたとえそうされても文句など言えないだろうが、流石にそこまで残酷なことをするつもりはまだ、俺には無い。

……まだ、な。

場合によっては考えないでもないけれど。

「まさか。そんな方法はどこにもない。だが、水中で息を出来る方法なら存在する……こいつだよ」

そう言ってディエゴは部屋にある棚から小さく、細長い、大体薬指くらいの太さのガラス管を持ってきた。

色は濁っている……と思ったが、近くで見せてもらうと違った。

びっしりと細かく、管の表面……というか裏面に魔術文字が描かれているのだ。

明らかにこれは……。

「……魔道具か？」

「当たらずとも遠からずだな。こいつは呪具だよ」

「なに……」

触れようと思ったが、触れると同時にまた吸い付かれてはたまらないと手を引っ込める。

そんな俺をディエゴは笑い、

「大丈夫だ。呪具といっても色々あるからな……こいつは確かに呪具だが、いわゆるありがちな呪いにかかることはない」

「本当か？」

「嘘だったら俺だってこんな風に気軽には持っていないだろう」

「それは確かに……」

だが仮に手に持っている人間がいるからと言って自分が絶対に呪われないとも限らない。

実際、俺の仮面はリナが持ってきたものだが、リナの顔にはひっついていないのだ。

まぁ、顔につけようとしない限り問題ない品だった、ということなのだろうが、そういう特定の行動をしたときに発動する呪具というのは普通にある。

とはいえ、今そんなものをディエゴが持ってくる意味が無いことは流石に分かっているので、俺は尋ねる。

「これで水中で息が出来るようになるって……？」

「あぁ。それこそが、こいつの《呪い》だよ。だから間違っても陸上でつけるんじゃねぇぞ。息が出来なくなるからな」

「あぁ、そういうタイプの呪具か……」

何かをなくす代わりに何かを付加する、そんなタイプの呪具は結構ある。

たとえば、使用している最中は耳が聞こえなくなる代わりに視力が極端によくなる、とかその逆とかな。

前者は遠見に活用出来るし、後者は伝令なんかにも使えるだろう。

逆に目くらましや耳くらましに使ったりすることも出来る。

マルトではまず呪具は流通しないから、実際に使っている奴はいないが、他の町なんかで稀に使う奴がいるから知っておく必要はある。

アリアナではもっと頻繁に活用されていると思っておいた方がいいだろうな。

こうして呪物屋が……本人は雑貨屋と言っているが……あるのだ。

それなりに知識としては理解しているが、実際に使われたことは少ないので、対応出来るかは不安だがこういうのは経験だ。

自分で使ってみれば使い勝手も分かるだろう。

ただ、このガラス管は俺には意味がなさそうだが……。

「ちなみにだが、こいつはいくらする？」

「一つで金貨五枚だな」

「高っ……もっと安くならないのか？」

「これでも安い方なんだ。お前と値切り合戦するのも面倒だしな。ほぼ原価だぞ……あとで他の呪物屋を覗いてみるといい。俺が見た中で一番ぼったくり価格だったのは、金貨五十枚で売ってるとこだったたな」

「……金貨五枚で、四本もらうよ」

懐から財布を取り出し、金貨二十枚をディエゴに手渡す。

ディエゴは、

「……お、いいのか？　性能の確認をしなくて」

「別にディエゴのことは疑ってないからな。もし問題があったら持ってくるが……そのときは交換してくれるだろ？」

「まぁ、普通はしないが、お前ならいいだろう。わざわざ自分でぶっ壊して難癖つけにくるってこともないだろうしな」

「……そういう奴もいるのか？」

「結構いるぜ。呪物を扱う奴ってのは、俺が言えたことじゃねぇが皆どっかおかしいからな。ライバルになる店には嫌がらせしまくることもそんなに珍しいことじゃねぇ」

「客じゃなくて同業者なのか……」

まさに生き馬の目を抜くような世界なのかも知れない。

金貨五枚のものを五十枚で売るような奴が普通にいるみたいだしな。

いや、相手からしてみれば金貨五十枚でも売れるものを十分の一の値段で売る商売敵になるわけか。

「……参考までに、普段はいくらで売ってるんだ？」

「こいつか？ まぁ、大体金貨十二、三枚ってとこだな」

「……大分値引いてくれたんだな」

「おぉ、感謝しろよ」

「するに決まってるだろう」

「じゃあ、俺の頼みも聞いてくれるか？」

するり、といった様子でそんなことを言ったディエゴ。

大体そんな気はしていたが、やはりただで値引いてくれたというわけでもないようだ。

呪物屋はくせ者揃い、とは本人の言だしな。

ディエゴもまた、そのような者達の一人なのだから。

ただ、引き受けるかどうかはともかく、聞くだけならただだ。

とりあえず俺は言う。

「……聞くだけ聞いてやる。受けるかどうかはまた別の話だ」

「それで十分だ。そんなに大変な話じゃないしな……簡単な頼みだよ。お前、あいつらと《海神の娘達の迷宮》に潜るわけだろう?」

「あぁ、そうだな」

「あの迷宮の特徴って知ってるか?」

「……いや。これから調べるつもりだからな」

「まぁ、後で調べりゃ簡単に分かることだから言うが、あの迷宮、よく呪物が出るんだよ。他の迷宮よりもずっとな」

呪物は魔道具と同じく、迷宮でよく産出する品だ。

マルトの迷宮だと滅多にみないし、ヤーランの迷宮でも呪物が出るところは少ないが、ないわけではない。

反対に数多く出るところがあってもおかしくはない。

「それでこの街には呪物屋が多いわけか」

そういう納得もあった。

「まぁ、そういうことだ。それでな。もし呪物が出たら、俺のところに持ってきちゃくれねぇか?」

「……ただで譲れと?」

「まさか。譲ってほしいものがあったら相応の対価を支払う。それに持ってきてくれたものは鑑定もただでしてやってもいいぞ」

「それは頼みになってるのか？　普通の取引で、しかも俺が得するばかりのような……」

「なら引き受けてくれるな？」

そう言って笑うディエゴの顔には何か企み（たくら）があるようには見えない。

まぁ、何かを隠してこんな話をしている可能性はあるだろうが……特に俺に損があるとも思えない。

それくらい、いいか、と思った俺は、ディエゴに言う。

「……分かった。引き受けよう」

閑話　冒険者ニーズ

　そもそものケチのつきはじめは、あれだ。

「……ニーズ。さっき変わった奴を見たぜ」

　冒険者組合で楽に儲けられる簡単な依頼が出てないか依頼掲示板を見ているときにかけられたその一言だったような気がする。

　俺は冒険者だが、銅級になってからさっぱり実力の上がらない雑魚に過ぎない。

　訓練し続ければ違ったのかもしれないが、俺よりも年下の連中が簡単に追い抜いていくのを何度も見てきて、いつの頃からか完全にやる気を失ってしまった。

　結局、冒険者なんてのは才能がある奴だけがやれる商売で、俺みたいなのはつまらない依頼をやって日銭を稼ぐしか生きる方法はない。

　だが、それでもそれなりに真面目にやってきたつもりはある。

　依頼を受ければちゃんと責任を持って片付けたし、失敗したときはしたときでしっかりと報告もして、依頼主に謝罪したりもしてきた。

　だから中途半端に生きている俺みたいなのでも、一応、冒険者組合は存在を許してくれているのだと思う。

……いや。

本当はどうでもいい奴だから放置しているということは分かっている。

俺が依頼票を持って行っても受付は目も態度も冷たい。

その目が何を言いたいのかはもう二、三年前から分かってる。

早く辞めろと、そういうことだろう。

大して依頼達成率も高くなく、腕っ節もしょぼい俺みたいなのは冒険者組合（ギルド）も要らない。

分かってるんだ……。

出来ることなら、本当に辞めて、故郷にでも帰りたいと思ったりすることもある。

だが、それすらも出来ない。

なぜって、そのためにはまとまった金が必要だが、それすらもないのだ。

貯（た）めようにもその日に得た金は家賃と食費でほとんど消える。

どうすりゃいいんだと頭を抱える毎日だ。

だが、そんな俺にも友人くらいはいる。

俺と同じような立場の二人だ。

俺よりも少しばかり冒険者歴は短いが、この街で真に同僚と呼べるのはこの二人だけの気がする。

ガヘッドに、ルカス。

ガヘッドの方は細長い体型をしているからか、いつもふらふらしているように見えるが、その実、熱い男で、俺が冒険者を辞めたいと言うと、まだまだ頑張れば未来はあると語ってくれる良い奴だ。

ルカスは逆にチビでふとっちょだが、勇気があって、必要とあらばどんな危険にも飛び込んでいける男だ。

ただ、そんな二人も冒険者としての腕は俺と同じくらいで、たまにパーティーでないと受けられない仕事があるときは、三人で組んだりすることもある。

そんな関係だ。

今日話しかけてきたのはルカスの方だったが、すぐにガヘッドも近づいてきて、話に加わる。

「変わった奴？　どんなだよ」

俺がそう尋ねると、ルカスは言う。

「山羊人から、見たこともない草を金貨三枚で買ってた。あれはだまされてるぜ」

「なんだ、お前でも見たことがないのか？　それじゃあな……」

これでルカスはそれなりに薬草にも詳しい。

薬草の中にはときにとんでもない値段がするものがあるので、そういうものなら金貨三枚でもおかしくはないかもしれないが、ルカスが知らないのではただの雑草をだまされて買ったのだろう。

「しかし、そんなものに金貨三枚も出せるって事は……よほどの金持ちか？　羨ましい限りだが……」

ガヘッドがそんなことを言ったので、俺は鼻で笑い、

「俺達には金貨なんて縁がねぇもんな」

そう言うと、

「ちげぇねぇ」

とガヘッドも笑った。

くだらない話だが、ここで雑談をしているときが一番心が安らぐ。

「じゃあ、そろそろ俺は依頼に出るぜ」

「あぁ……いや、ちょっと待て。あいつは……」

そこでルカスが、ふと、たった今冒険者組合に入ってきた男を見た。

男なのかどうか、見た目では分からない変わった格好をしている人物だったが、歩き方からして男だと思う。

「あいつがどうした？」

それに、受付に話しかけた声を聞いてもやはり、男のものだった。

視線を向けつつルカスに尋ねれば、ルカスは言う。

「さっき言った奴が、あいつだよ」

「あぁ、金貨三枚のか……そんなに金持ってるようには見えねぇがな」

真っ黒いローブに、仮面。

そんな風貌の男で、ローブもさほど高価なものには見えない。

仮面にしても趣味が悪いから安物だろう。

つまり、金は持ってない。

「いや……でもよ。あ、あいつ銅級なのか……？　それで金貨三枚も」

男が出した冒険者証をめざとく見つけて、ルカスはそう言った。

銅級。

つまり俺達と同じくらいだ。

それなのに、懐具合は全く違う、というところで少しいらついた。

さらに、ぼんやり見つめていると、組合職員と話が盛り上がっているようだった。

俺達には決して向けない好意的な視線を受けている男にさらに何か嫌な気持ちが浮かぶ。

なんなんだ……。

それからしばらくして男は冒険者組合(ギルド)を後にしたが、俺は依頼票をとらずに、そのまま冒険者組合(ギルド)入り口に向かった。

「あ、おい。ニーズ。お前依頼は？」

ガヘッドがそう尋ねてきたが、

「今日は受けない」

そう答えるとピンときたようで、俺に言った。

「……まさか、さっきの男を追いかけるのか？」

「あぁ」

「何のために……？」

「……金貨三枚を簡単に出せるんだ。俺に少し恵んでくれても良いだろう」

「そういうことか……なら、俺も行くぜ。二人がかりならすぐに出すだろ。いや……ルカス、お前も来いよ。三人ならもっと余裕だぜ」

こう言ったガヘッドだが、多分俺を止めるつもりでいるんだろうということは分かっていた。歩きながらやんわりとだ。

前も馬鹿なことをやろうとしていた俺をそうやって止めてくれた。

ルカスもそれが分かってか頷いて、

「……仕方ねぇな。分かったよ」

そう言ったので、俺達は三人で冒険者組合を出ることになった。

そして仮面の男を見つけ、追跡を始めた。

道すがら、案の定、ガヘッドとルカスは俺を止めようとしてきた。

俺も歩く内、頭が冷静になってきた。

何をいらついて、やけになってくだらないことをやろうとしているんだという気持ちが強くなって……もう止めようかという気になったのだが、帰ろうと足を後ろに向けかけたところで、仮面の男が不自然に足を止め、

「……この辺りで良いか。ほら、そろそろ出てこい。わざわざこんなジメジメしたところに来てやったんだからな」

そう、話しかけてきた。

明らかに、俺達に向かって言っている。

こうなると、もう、引っ込みがつかなかった。

俺達は陰から出て、男と相対する。

そこからはもう……なんていうか信じられない成り行きになった。

というか、俺の見る目がなかったのは言うまでもないな。

もう引けなくなってたから、当初の予定通り金を要求したまではよかったんだが……妙な男だった。

こっちは三人、向こうは一人。

冒険者としての格はお互いに銅級で、つまり同格三人に囲まれてる状況だってのに、何を言っても飄々(ひょうひょう)と柳のように受け流してきやがった。

だんだんとイライラして……ガヘッドとルカスに声をかけて、それで俺の方から襲いかかった。

先に二人に行かせなかったのは、二人はあくまでも俺に付き合わされただけのことで、もしもこの仮面の野郎に俺が負けた場合にすぐに逃げられるようにっていう考えもあった。

二人が逃げても、俺さえやられりゃ、まぁ……もしかしたら追いかけるかも知れねぇが、そこまで執念深く探したりもしねぇだろうってな。

自分で言うのもなんだが、たかが銅級だ。

ルカリスなんて広い街でたった二人の人間を探す手間をかけるような奴は滅多にいない。

そういうわけで、俺から立ち向かったんだ……。

だが、結果はもう、これ以上ないってくらいに惨憺としたもので……。

正直、俺は何があったのか全然覚えちゃいねぇ。

というのも、剣を振りかぶったところまでは記憶にある。

そのときには、まだ仮面の男は俺の間合いから遥か遠くに、ふらりとした、どこか捉えどころの無い雰囲気を放ちつつ立っていた。

腰に武器を下げているのも見えていたが、それに手を伸ばす様子すらなかったはずだ。

それなのに、俺が一息、空気を吸ったその瞬間……。

俺の目の前にはすでにその仮面があった。

「……っ!?」

声にならない声が出そうになった。

骸骨を精巧に象った、不気味な仮面は近くで見ると妙な魅力があって、最初思ったよりは安物じゃねぇのかな、なんてその場にそぐわない事まで考えちまったくらいだ。

ということは、思えばそのときにはすでに俺の本能は諦めてたんだろうな。

俺の剣はこいつに届かない。

こんな、ほんの刹那であれだけの距離を、正確に詰めてくるような奴にろくでもない冒険者の俺がどうやって勝てってんだ。

こんな奴から金を奪おうとか考えたこと自体がそもそもの間違いで……まぁ、結局俺のやることなすことすべて今日まで間違っていたって事なんだろうさ。

……いや、一つだけマシだったことがあるか。

今日、こいつにいの一番に立ち向かったことだ。

可能かどうかは分からないが、ガヘッドとルカスはまだ相当背後にいる。

いますぐ逃げれば……こいつが追おうとしない限り、逃げられるんじゃないだろうか。

この街でたった二人の、真実の友人だ。

せめて、生きていてくれりゃあ……まぁ、俺の人生もそこまで悪くなかっただろうって気がした。

心残りがあるとすれば、出来ることなら……もう一度あいつらと一緒に依頼を片付けたかったってことくらいだろう。

まぁ、それでもこの有様じゃあ、仕方ない。

次に生まれたときは……しっかりとパーティーでも組んでもらうかな。

意識を失う直前、俺はそんなことを考えていた。

だから、俺は驚いた。

あの後、どうなったのかはまるで分からないが、死んだに決まってる。

それだけの一撃を放てる実力をあの骸骨仮面の野郎は持っていたし、強盗をしようとしていた俺に対して情けをかける理由は一つも無かったはずだからだ。

それなのに……。

「……目が、覚めたか」

沈んだ暗闇の中、ゆっくりと目を開くと、かすむ視界に突然、ぬっとした様子で骸骨の姿が現れて俺は年甲斐(としがい)も無く、悲鳴を上げそうになった。

「……っ!?」

なんとかそうせずに済んだのは、すぐに骸骨が引いていき、その代わりに獣人の姿が現れたからだろう。

「他の二人よりも目覚めが遅かったのは、レント。お前が強く叩(たた)きすぎたからじゃないか?」

そんなことを遠ざかった骸骨仮面に言っている男……。

漆黒の毛並みに、猫科特有の虹彩(こうさい)の輝き……しなやかな体型。

おそらくは、黒豹(くろひょう)人だろう。

かなり珍しく、このルカリスの街では冒険者の間でもそこそこに有名人でもある。

つまりは、顔見知り……というわけではないが、一方的に名前と顔を知っていた。

「……あんたは、マルガ？」

「知っていたか？　客で来たことは無かったと記憶しているが……」

俺が話しかけると、その鋭い目を俺に向けてそんな風に尋ねてきた。

俺は苦笑しつつ答える。

「……俺みたいな銅級に、あんたの店は利用出来ねぇだろう。嫌みか」

するとマルガは少し考えてからふと、骸骨仮面の方に視線を向け、

「……だ、そうだぞ？　銅級」

と声をかける。

「そんなこと言われてもな……まぁ、そいつの言いたいことは分かるよ。俺も少し前までなら金貨の持ち合わせなんてなかったからな。色々な巡り合わせのお陰で、今は少しばかり懐が温かいだけだ」

「巡り合わせか……まぁ、これもまた、そうかもしれんな」

「そういうことかな……おい、とりあえずこれを飲め。そこまで強く叩いたつもりは無かったが、ちょっと加減に失敗したかもしれないからな」

骸骨仮面の男が近づいてきて、俺にそう言った。

手にはカップを一つ持っており、そこからは花や植物の芳香が漂う。

どこか薬染みた匂いも感じるが……。

とりあえず、俺は尋ねた。

「……こいつは？」

「薬湯だな。といっても、そこまで強力な効果のない気休めに近いが……ないよりはマシだろう。ついでに、ちょっとした実験も兼ねてる。良いから飲め」

最後に恐ろしい台詞を付け加えて、ずい、と差し出されたそれ。

断りたかったが……思い返すに、俺はこいつに全く対応も出来ずに一撃で昏倒させられたのだ。抵抗したところで全くの無意味であることを体が理解していたのか、すんなりと受け取ってしまい、そしてそのまま俺は仕方が無くカップを口に運んだ。

飲んでみると、意外にも爽やかな風味が口の中に広がり、また体の中に温かな飲み物の熱が広がっていき、体を癒やしていってくれているような気もした。

起きた直後から、腹部にじくじくと感じていた痛みもすぐに引いていく。

「……どうだ？」

骸骨仮面がそう尋ねたので、俺は答える。

「……気分が良くなった。なんだか分からねぇが……まぁ、ありがとうよ」

これが、俺と、レントの旦那、それにディエゴの兄貴との出会いだ。

このときには全く、俺は何も感じていなかった。

この後、官憲に突き出されるか、奴隷にでもされるか、それとも殺されるか。

そんなことくらいしか思っていなかったが……。

巡り合わせ。

そんなものを本気で信じてもいいかもしれない。

そう思わせてくれた出来事の始まりが、ここにはあった。

あとがき

この度は『望まぬ不死の冒険者』十三巻をご購入いただき、ありがとうございます！

丘野優です。

コミカライズの十二巻も同時発売ですので、どうぞそちらの方もよろしくお願いします！

それにしても、毎回思いますが、十三巻まで出版していただけるなんて思ってもみなかったのですごく嬉しいです。

それと同時に、あとがきに書くこともやはり何もなくて絶望感を感じます。

近況報告できるほどの面白い出来事もなく、果たして私は何をここで話せばいいのか……。

最近、あまり趣味もなくて時間を持て余しているというか、ひたすらにぼーっとするような時間を過ごしてしまって勿体無いなと思ってしまうことが多いです。

何かやることがあればいいんでしょうが、何もなくて……。

一番いいのは執筆なのだろうと思いますが、これは何かこう降りてこないと書けなかったりするんですよね。

パソコンの前にずっといれば降りてくるというものでもなく、苦戦することが多いです。

そのため、何か発想法とかそういった運や才能に左右されない技術を身につけられないかとシナリオの本とか読んでみたりしてみている最近です。

今まで幸いなことに何冊も本を出版させていただけているので、文章の書き方とか物語の作り方とか、だいたい知っているような傲慢な気持ちにどこかでなっていることが少なからずあるような気がするのですが、改めてそういった書物なりなんなりに触れると、やはり知らないことだらけ、わかっていないことだらけということが改めて自覚出来て勉強になっています。

問題はそれをどれだけこれからの創作に活かせるかなのですが、これればかりはこれからのがんばりにかかっているので、コツコツやっていきたいなと思っている今日この頃です。

また、食事や睡眠などについての不摂生が過ぎると何も思い浮かばず、たまにしっかり眠れたな、休めたなという日は非常に調子が良く書ける上に色々と発想も浮かんでくるため、自分に必要なのは健康的な生活なのでは？　とも思ったりします。

健康的な生活を送るためには、暴飲暴食をやめ、よく運動し、規則的な生活をしなければならないなと心底思うのですが、どうにもそこから習慣化するところまでは行けておらず、これから心がけていきたいところです……。

さて、こんなところでだいたい千字くらいになったかと思いますので、あとがきはこれくらいで勘弁していただけるとありがたいです。

次の巻をもし出させていただけるなら、その時にはもっと何かしらのネタを仕入れて書けたらいいなと思います。

そんなわけで、どうぞこれからも『望まぬ不死の冒険者』をよろしくお願いします。

『望まぬ不死の冒険者』
漫画／中曽根ハイジ
原作／丘野 優
キャラクター原案／じゃいあん
コミカライズ連載中!!
ごごんにぢヴぁっ
おおでヴぁれんど…
ひぃっ!
第12巻
同時発売!
コミカライズ最新情報はコミックガルドをCHECK!
https://comic-gardo.com/

望まぬ不死の冒険者 13

発行　2023年12月25日　初版第一刷発行

著者　丘野 優

イラスト　じゃいあん

発行者　永田勝治

発行所　株式会社オーバーラップ
〒141-0031
東京都品川区西五反田8-1-5

校正・DTP　株式会社鷗来堂

印刷・製本　大日本印刷株式会社

ISBN　978-4-8240-0687-5 C0093

【オーバーラップ　カスタマーサポート】
電　話　03-6219-0850
受付時間　10時～18時（土日祝日をのぞく）

作品のご感想、ファンレターをお待ちしています

あて先：〒141-0031　東京都品川区西五反田8-1-5 五反田光和ビル4階　ライトノベル編集部
「丘野 優」先生係／「じゃいあん」先生係

スマホ、PCからWEBアンケートにご協力ください

アンケートにご協力いただいた方には、下記スペシャルコンテンツをプレゼントします。
★本書イラストの「無料壁紙」　★毎月10名様に抽選で「図書カード（1000円分）」

公式HPもしくは左記の二次元バーコードまたはURLよりアクセスしてください。
▶ **https://over-lap.co.jp/824006875**
※スマートフォンとPCからのアクセスにのみ対応しております。
※サイトへのアクセスや登録時に発生する通信費等はご負担ください。

オーバーラップノベルス公式HP ▶ **https://over-lap.co.jp/lnv/**